JN315456

運命の人はどこですか?

飛鳥井千砂
彩瀬まる
瀬尾まいこ
西 加奈子
南 綾子
柚木麻子

祥伝社文庫

もくじ

神様たちのいるところ

飛鳥井千砂

飛鳥井千砂（あすかい・ちさ）
2005年『はるがいったら』で第18回小説すばる新人賞を受賞し、デビュー。11年、『タイニー・タイニー・ハッピー』がベストセラーとなり、注目を集めた。他の著書に『君は素知らぬ顔で』（小社刊）『海を見に行こう』などがある。

窓の向こうに広がる闇の中に、赤やオレンジ色の光がちらばっている。ああ、ヨーロッパだなぁと思う。あの辺りが、アテネの中心地だろうか。寒色系が多い日本の外灯と違って、ヨーロッパで見る灯《あか》りは暖かい色のものが多い。光が集中している辺りの少し奥に、突起物《とっき》のような小山が見えた。多分、走り読みした観光書で見たリカヴィトスの丘だ。パルテノン神殿のあるアクロポリス遺跡と並んで、アテネのランドマークだという。思っていたよりもずっと鋭角で背が高い。

着陸が近付いていることを知らせるアナウンスが流れた。顔を窓から正面に向けて、ふうっと息を吐いてみる。どうやら私は、本当に来てしまったらしい。たった一週間の準備で、たった一人で、東京から十五時間以上もかかるギリシャ、アテネに。

子供の頃から思い切りはいいほうだったと思う。小学校の頃の通知表には、「行動力、決断力が大変優れています」と書かれていた。それでも今回の急なギリシャ行きは、自分史上一番思い切った行動だった。

「来週一週間お休みをください。ギリシャに一人旅に行ってきます」

先週、課長にそう告げた。

「いや、君は入社してから一度も有休を使ってないし、病欠も遅刻も早退もないし。休ませてくれと言われたら、ダメだとは言いづらいけど。それにしても急だね」

藤堂《とうどう》課長は、驚いた顔で私を見つめていた。

休み中の仕事は、後輩の太田《おおた》さんと山上《やまがみ》さんに託《たく》してきた。「今後、自分たちも休みが取りやすくなるように」と、二人は快く引き受けてくれた。

「でも、どうしてギリシャなんですか？」

「財政破綻してるし、荒れてないですか？」

そう聞かれて、「財政破綻してるからこそ」と答えておいた。

「一観光客の落とすお金でも、足しになるかもしれないでしょう」と。「さすが里奈先輩《りな》」と褒《ほ》められて、くすぐったかった。そう思ったことも嘘ではないが、本当は違う理由があったから。でもそれは、十年越しの私の大切な「理由」なので、そう簡単に人に話すことはできなかった。

荷物を受け取り、空港のロータリーを歩いた。「安くしとくよ」とタクシードライバーたちが声をかけてくるが、振り切ってエアポートバスの乗り場に向かう。ホテルの最寄のバス停、シンタグマ広場を通るバスを見つけて、急いでチケットを買い、乗り込んだ。

もう〇時近いが、バスは混んでいた。白人が多いが、黒人やアジア系の顔もちらほらある。みんな私と一緒で大きなトランクを提《さ》げている。けれど、女性一人は見たところ私だけのようだった。

四人掛けシートの、白人の若いカップルが座っている隣だけがかろうじて空いていたので、駆け寄って腰を下ろした。私の更に隣には、すぐに黒人の若い男性が座った。

白人カップルは、一瞬こちらに「ハァイ」と笑顔を向けてくれたけれど、すぐに英語ではない言葉で二人で会話をし始めた。トランクの上に置いた手がしっかりとつながれている。新婚旅行だろうか。黒人男性は、イヤホンで音楽を聴いている。

旅先ですれ違う人との交流は好きだが、今回は相手をしてくれなさそうで、かえって助かった。十五時間以上のフライトだったのに、ほとんど眠れなかった。体も頭も酷《ひど》く疲れているから、約五十分の道のりの間、少しでも眠りたい。

バスが動き出すのと同時に、私はそっと目を閉じた。


シンタグマ広場は国会議事堂もある大通りに面した、大きな公園だった。でも私の予約したホテルは大通りではなくて、脇道を抜けた先にある。深夜なので人《ひと》気《け》も灯りも少なく、その道に足を踏み入れるのには、少し勇気がいった。

大学を卒業して今の旅行会社に入ってから、七年になる。二年前までは、ヨーロッパツアー担当の添乗員として、文字通りヨーロッパ各地を飛び回っていた。いつも好き勝手に寄り道したり立ち止まったりするツアー客を連れて、「ちゃんとついてきてください！」と苛立《いらだ》ちながら叫んでいたけれど。大勢でいることは煩《わずら》わしかったが、同時に心強くもあったのだと、今初めて気が付いた。

ホテルのすぐ手前の建物の前に、物乞《ものご》いの男性がいた。早足で前を通り過ぎる。外国人の年齢に自信はないが、まだ二十代に見えた。意識がないのではと思ってしまうような虚《うつ》ろな目で、地面に置いた、お金を入れてもらうための缶をじっと見つめていた。財政破綻して以降、ギリシャの失業率は二十パーセントを超えていると聞く。

「ハァイ、ウェルカムトゥー、アテネ」

対して、深夜に到着したにもかかわらず、ホテルのフロントマンは爽《さわ》やかだった。観光業だけはそれほど衰《おとろ》えていないので、今ギリシャで一番手堅い職業は、ホテルマンらしい。

ホテル内の設備と、近辺の観光スポットの説明を簡単に受けたあと、あてがわれた四階の部屋に向かった。エレベーターにトランクを運び入れる。

もらった周辺の詳細地図によると、このホテルはアクロポリス遺跡のある丘の麓《ふもと》に位置しているらしい。子供の頃から憧《あこが》れ続けたアクロポリス遺跡、パルテノン神殿。今自分は、そのすぐ側《そば》にいる。なんとも言えない不思議な気分だった。

部屋に入って、手持ちのバッグから携帯を取り出して電源を入れた。メールの問い合わせをする。一件メールを受信した。緊張しながら画面を操作する。でも期待した人からではなかった。実家の母親だ。

『無事に着いたら一報《いっぽう》ください。まったく、本当にいつも行動がいきなりなんだから』

この時期に一人でギリシャに行くなんて言ったら止められるのがわかっていたので、母親には成田《なりた》で飛行機に乗る直前まで連絡をしないでいた。『無事到着しました』と一言だけ、返信をする。同じ内容で、太田さんと山上さん、藤堂課長にも送った。一応の報告だ。

送信し終えてから、時差を考えていなかったと、焦《あせ》って腕時計を見た。二連の文字盤がついている。添乗員時代に買った海外旅行時用のもので、上は日本時間、下はそのとき行く国に合わせるようにしている。ギリシャは日本より七時間遅れで、今深夜一時半。つまり日本は朝の八時半だ。携帯を鳴らすのに非常識な時間ではなく、安心した。

少し考えてから、大学時代の友達の桂子《けいこ》にもメールを送った。仲間うちで、一番メールのレスが早い子だ。

『久々。元気？　突然だけど、私は今ギリシャに来てます。仕事じゃなくてプライベートで一人旅。初ギリシャでちょっと緊張』

トランクを開けて荷物の整理をしていたら、すぐに桂子から返信があった。

『里奈、久々！　で、ギリシャって！　びっくり！　相変わらず行動力あるなあ。楽しんできてね。私は明日、新宿《しんじゅく》組で飲み会だよ』

新宿組、明日、という言葉に、胸がどくんと鳴った。急いで返信を打つ。

『飲み会なんだ。新宿組、全員来るの？』

大学の仲間内では、今も時々飲み会などをしている。でも人数が多いから、男子だけ女子だけとか、働いている場所によって新宿組、渋谷《しぶや》組などと分けて開催されることが多い。新宿組の中には、大学時代の私の彼氏、和真《かずま》も入っている。

『ううん、明日は美穂《みほ》と和真が欠席。美穂は今やっぱり忙しいみたいで、和真はその時期出かけてるからって言ってたかな。私も幹事じゃないから、詳《くわ》しくは知らないんだけど』

返信を読んで、今度は胸が、とくん、とくんと鳴った。「和真はその時期出かけてるから」という箇所を、何回も何回も読み返した。

窓際に移動して、カーテンを開けた。夜の闇の中に、僅《わず》かに赤やオレンジの光が浮かんでいる。暗いし、まだ着いたばかりでしっかりとした実感はないけれど、ここはギリシャのアテネなのだ。パルテノン神殿のあるアクロポリスの麓《ふもと》――。

とくんとくんと鳴り続ける胸を手でそっと押さえながら、私はいつまでも闇に浮かぶ光を見つめた。

和真と付き合いだしたきっかけは、ギリシャ、アテネ、アクロポリス遺跡、パルテノン神殿だった。

大学一年生のときだ。夏休みを前にしたある日の教室で、仲良しの仲間内でどこか旅行に行こうという話になった。

「伊豆《いず》？」「熱海《あたみ》は？」と最初は目的地について話し合っていたのだが、誰かが「思い切って海外は？　韓国とか」と言ったことをきっかけに、話はいつの間にか「海外で行ってみたいところ」に流れていった。

「オーストラリア！　コアラ抱きたい」

「カナダかな。ナイアガラの滝が見たい」

「青の洞窟って、イタリアだっけ？」

みんなが日本人に定番の観光地を挙げるなか、「俺はアテネかな。ギリシャの」と、ぽつりと和真が発言した。

「ギリシャ？　ギリシャって何があるの？」

「遺跡がいっぱいあるよ。パルテノン神殿のあるアクロポリスとか」

「パルテノン神殿って、なんか歴史で習ったかもね」

「ギリシャ神話って面白いんだよね。パルテノン神殿は、神様たちの……」

「神殿だったら、アンコールワットのほうが行ってみたいかなぁ」

「アンコールワットって神殿なの？」

和真はまだ話したそうだったのに、仲間たちに流されてしまった。でも私は一人、内心ですごく興奮していた。

その日の帰り、和真がバス停で一人きりになったのを見計らって、「ねぇねぇ」と私は勇《いさ》んで話しかけにいった。その頃の仲間は、男女混合で十人前後という、緩《ゆる》く広いつながりで、和真と二人きりで話をするのは、このときが初めてだった。

「ギリシャ神話好きなの？　私もなんだ。小学校のとき、お父さんが見てたNHKの世界紀行みたいな番組で、パルテノン神殿やピラミッドとか見て、歴史や遺跡好きになって。ギリシャ神話の本も、いっぱい読んだよ」

「本当に？　神話なのに、教訓めいてなくて面白いよね」

　和真は、ぱあっと顔を明るくした。

「うん。なんかカッコ悪い神様が多いよね。ゼウスとか、ダメな恋愛ばっかりしてるし」

「そうそう。アテナも喧嘩《けんか》っ早くて、痛いところあるよね」

　お互いこれまで誰にもわかってもらえない話だったからか、ほぼ初めての会話なのに、大いに盛り上がった。その日を境に私と和真は仲良くなり、一ヵ月もしないうちに、自然な流れで付き合うようになった。

　最初に自分が歴史や遺跡が好きだと言ってしまったのが恥ずかしくなるほど、和真はギリシャ神話だけじゃなく、考古学に関するもの全般に対して博識だった。読書家でもあり、同い年なのに考え方が大人びていて、和真と付き合っていると自分の世界がどんどん広がっていくのを、私は日々、ひしひしと感じた。

　付き合い始めて一年経った頃。私の誕生日に、二人で奈良に旅行をする計画を立てた。飛鳥《あすか》の石舞台《いしぶたい》古墳や高松塚《たかまつづか》古墳が見たいと、前から二人でよく話していた。

けれど私の両親が、男の子との旅行は許してくれず、計画は流れてしまった。落ち込んだ私を、和真がなだめた。

「就職してからならいいって言われたんでしょ。じゃあ楽しみに取っておこうよ」

「就職するのなんて、三年近くも先だよ」

「その頃なら、奈良よりもっと豪華なところに行けるよ。北海道とかは？　里奈、函館《はこだて》の五稜郭《ごりようかく》に行ってみたいって言ってたよね」

「あー、それはいいかも」

私が少し元気を取り戻したのを見て、和真は「じゃあ、その次の誕生日は、沖縄の首里《しゆり》城かな」などと言い出した。

「五年後は海外？　万里《ばんり》の長城《ちようじよう》は？」

私も乗って、「いいね。じゃあ六年後は」「七年後は」と、しばらく二人できゃっきゃと言い合ってじゃれた。

「じゃあ十年後は、いよいよギリシャかな。パルテノン神殿を見よう。フィロパポスの丘からがいいな」

やがて和真がそう言った。フィロパポスの丘は、アクロポリスの向かいにある、パルテノン神殿の絶景ポイントである。付き合いはじめた頃に、二人で本屋さんで『地球の歩き方』を立ち読みして、「ここに行きたいね！」とはしゃいだことがあった。

「十年後の節目でギリシャ、いいね。でもさ、そのとき私たち、もう付き合ってないかもしれないよね」

「なんで、そういうこと言うかなぁ」

「絶対まだ付き合ってるなんて言い切れないでしょ。ねえ、もし十年後に別れてたらどうする？　ギリシャ行けなくなっちゃうね」

私は言った。もちろん、冗談っぽい含みを持たせながら。

和真はしばらく考え込んでいたが、やがてゆっくりと口を開いた。

「じゃあ十年後の、里奈の三十歳の誕生日。もし別れちゃってても、二人とも結婚してなくて恋人もいなかったら、フィロパポスの丘で会おうよ。一緒にパルテノン神殿を眺《なが》めよう。約束」

私と違って、和真のその口調は真剣だった。表情も。真っ直ぐに私の顔を見ながら、和真はそう言ったのだ。


日差しが眩《まぶ》しくて目を覚ました。ナイトテーブルに置いていた腕時計を見る。下の文字盤は十時半を指している。今日は特に決めた観光予定はないとは言え、遅くまで眠ってしまった。

ホテル一階のレストランで、朝食を食べた。バイキングで、ハムにチーズにスクランブルエッグといった、これまでのヨーロッパ旅行でもよく食べてきたラインナップだった。でも一箇所、サラダにオリーブの実がたくさん入っていたのは、ギリシャらしかった。

出かける準備をして、フロントに鍵を預けに行った。

「グッモーニン。今日はどこに行くか決めてる?」

昨夜とは別のホテルマンに、訊ねられた。

「市内の遺跡や雑貨屋さんをふらふらするつもりだったけど、どうして？」

「今日は、ストライキで電車もバスもストップしてるんだ。でも、遠出しないなら大丈夫かな。市内の遺跡なら、大抵歩いて見てまわれるよ。タクシーは動いてるし」

「わかった。教えてくれてありがとう」

お礼を言って、ホテルを出た。「エンジョイ！」というホテルマンの声が、背中にぶつかる。

外に出ると、いきなり強い日差しに照らされた。サングラスをかける。日傘は荷物になると思って持って来なかったのだが、失敗だったかもしれない。太陽の国の七月を、甘く見てしまったかも。

アクロポリスの麓のプラカ地区というところが、飲食店や雑貨屋が集まった観光スポットらしい。とりあえず、そこに行ってみることにした。

プラカ地区は、坂になっている細い道が複雑に入り組んでいて、地図をきちんと見ていないと、すぐに迷ってしまいそうだった。

赤い屋根にベージュや白い壁の、古い造りの家やお店が立ち並んでいる。特別保存地区で、十九世紀頃の建物がそのまま残されているそうだ。

けれど、そんな古くて情緒のある建物の軒先《のきさき》には、いかにも安っぽいポストカードやTシャツが並べて売られていたりして、そのちぐはぐ感が面白かった。商品の上で猫が昼寝をしていたりもする。オープンカフェでは、まだ昼前だというのに、おじさんたちがビールを飲みながらポーカーをしていた。

坂をずっと上り続けると、最後にはアクロポリスに着いてしまう。頃合いを見計らって進むのを止めないと——と考えながら、視線を上げたときだった。いきなり視界に、見覚えのある建物が、ばんと入り込んできて慌てた。「それ」から逃げるように、脇にあった家の軒先に、身を寄せてしまう。

「どうしたの?」

後ろから声をかけられて、また慌てた。振り返ると、丸々太ったおばさんが、中途半端に開いた扉に体を寄りかからせて、私を見ていた。いきなり私が軒先に駆け込んできたから、不思議に思ったのだろう。

「ごめんなさい、ちょっとびっくりしちゃって。あの、顔を上げたら、いきなりパルテノン神殿が大きく見えたものだから。もっと、ずっと先まで上ってからだと思ってたから」

慌てていたので、上手く誤魔化せる英語が出てこなかった。状況は説明した通りなのだが、パルテノン神殿が見えたからって、どうして逃げなければいけないのかと思われるだろう。

でも、おばさんは特に不審がった様子はなかった。それどころか、「ははは」と軽快な声で笑って、私の肩をぽんと叩《たた》いてきた。まるで、ずっと昔から仲の良い友達だったかのような気軽さで。

「パルテノン神殿は、どこからだって見えるのよ。アテネのどこに居てもね」

そうなのか。丘の上にあるのは知っていたけれど、新宿の高層ビルとは高さが違うし、建物や木々などに遮《さえぎ》られたりして、そんなにどこからでも見えるものだとは思っていなかった。昨夜はもう暗かったし、今日はサングラスで視界が狭《せま》かったから、今の今まで気が付かなかったし。

それにしても、あんな風に何の囲いもなく、開けっぴろげになっているなんて。かりにも世界遺産、世界中の人たちが見に来る、貴重な歴史的遺産だというのに。

「だって、あそこには神様たちが居るんだから。見晴らしがよくないと、神様たちが私たち人間を見張ることができないでしょう?」

口には出さなかったのに。おばさんが私の心の声に、返事をするかのようなことを言った。神様が人間を「見張る」と取れるような言い回しをしたけれど、微妙にニュアンスが違うかもしれない。「見守る」と言いたかったのかも。英語が母国語ではないだろうし。

でも「見張る」「見守る」どちらにしても、なんかいい、と思った。信心がないので、日本で崇拝《すうはい》されている神道や仏教には詳しくはないけれど、きっとそこには無い感覚じゃないだろうか。

日本の神様や仏様は、神社やお寺の奥のほうで大事に祀《まつ》られていて、人間があやかるには、はるばる出向いて行って、お賽銭《さいせん》やお供えをしなければならない。

あんな開けっぴろげの場所から、神様自ら「見張って」「見守って」くれているなんて――。

人間っぽいことに続いて、ギリシャの神様たちは、神様なのに、繊細でも崇高《すうこう》でもなくて、なんかいい。粗《あら》いというか、雑というか。ここまでの道のりで見てきた風景にも通じるものがある。

和真とこの感じについて話したいと思った。こういう面白さを、私たちは互いに共有できる相手だった。

また胸が、とくんと鳴る。話せるかもしれない、もしかして。今、感じたことを和真に。そう遠くないうちに――。

おばさんの寄りかかる扉の向こうには、パッチワークの壁掛けや、置物の工芸品などが並べられていた。雑貨屋さんだったらしい。

いきなり駆け込んでしまったお詫びと、話をしてくれたお礼に、なにか買っていくことにした。ここプラカ地区の家々を描いたのだと思われる、壁掛けを選んだ。

「ありがとう。これ、私が編んだのよ。パッチワークのコンクールで、東京に行ったこともあるの。もうずっと昔だけどね。あなたは、きっとまだ生まれてなかったわ」

私にお釣りを渡しながら、おばさんは言う。

「東京に？　本当？　いつ？」

「もう二十五年も前ね」

「生まれてたわ、私」

「あら、そう。二十歳ぐらいかと思ったわ。いくつなの？」

二十歳に見えたと言われて、単純に喜んだりはしない。西洋人に、東洋人が若く見えるのはお定まりだ。

「三十歳。明日で。明日、誕生日なの」

「まぁ、おめでとう。よい誕生日を！」

おばさんは丸々とした頰《ほお》を、ぱんと張りながら笑って、手を振って私を見送ってくれた。

店を出て、パルテノン神殿を見てしまわないように、サングラスをしっかりとかけた上に、俯《うつむ》き加減で歩き出した。

自分でも、なにをやっているんだろうと思う。でもやっぱり、神殿とのちゃんとした対面は、明日に取っておきたいのだ。

そう、明日は私の、三十歳の誕生日だ。和真と約束したあの日から、十年後の節目の日――。

和真とは、三年後の五稜郭さえ決行せずに、別れた。四年生になって、お互い就職活動が忙し過ぎて、すれ違ってしまい自然消滅した。

採用状況は厳しかったけれど、私はなんとか第一希望の旅行会社に入ることができた。和真は、生命保険会社に入社した。和真も旅行業界を希望していたけれど、英語が苦手なので受からなかった。

添乗員になった私は、多いときだと一ヵ月に三つもツアーを担当して、目が回るような忙しい日々を過ごすようになった。大学の仲間たちは時々集まっていたようだけれど、それにもなかなか参加できず、卒業以来、長い間和真に会うことはなかった。

再会したのは二年前。仲間内でカップルだった子たちが結婚することになり、その結婚式の二次会会場で久々に会った。

「元気?」「あんまり変わらないね」という定番の挨拶《あいさつ》もそこそこに、「和真、同僚の女の子と付き合ってるんだって?」と、私は友達から聞いていた情報を、確かめにかかった。

「相変わらず、率直だなぁ」

和真はそう言って苦笑いしていたけれど、どうせいつかはそういう話になるのだし、だったら妙な含みを持たせないように、早いところ片付けておきたかったのだ。

「うん、まあ。付き合ってはいるんだけど」

和真はそう低い声で呟《つぶや》いて、それから「ふっ」と息を吐き、目を伏せた。しばらく待ったけれど、そのあとを続ける気配はなかった。「だけど」とは、あまり上手くいっていないということなのだろうか。

「里奈は？　付き合っている人」

今度は私が聞かれた。

「うん、いることはいるんだけど」

そう返事した。自分も「だけど」と言ってしまった。その頃、付き合っている人はいたけれど、あまり人に、特に昔の彼氏になんて「聞いて聞いて」と楽しく話せるような状況ではなかった。

長い沈黙があって、そのあと私たちは「仕事はどう？」などと、世間話に流れを変えた。

「あちこち飛び回ってるんだってな、里奈。何カ国ぐらい行ったの？」

「もう数えてないな。ヨーロッパは、行ってない国を数えたほうが早いぐらい」

「すごいな。じゃあ、行ってない国は？」

そう聞かれて、私は間髪入れずに「ギリシャ」と答えた。いや、他にも行っていない国はあったのだ。でも、その少し前にギリシャを含むツアーの添乗を打診されて、断った代わりにバルト三国を引き受けるということをしたばかりだったので、つい最初に出てきてしまった。

私の答えを聞いた和真は、しばらく何も言わず黙っていた。

鼓動《こどう》がどんどん速くなるのを感じた。あの約束は、「そんなこともあったね」と笑って話す程度の思い出話。それまで、そう思っていたけれど。和真が黙ったことで、もしかして私たち二人にとって、すごく大事なものだったんじゃないかと思えてきた。そもそも私、特に理由もないのにギリシャと言われたとき、「すみません、それはちょっと」と気が付いたら断っていたし——。

「なあ、里奈」

と、和真がようやく口を開いたときだ。

「では皆さん、そろそろお待ちかねの——」

司会の声が会場内に響いた。ゲームが始まって、結局和真が言いかけていたことは、最後まで聞けずじまいだった。

なんだろう。あのとき和真はなんて言おうとしたんだろう。

帰り道は、ずっとそればかり考えていた。

その結婚式以来、私たちの距離は近付いた。式から一ヵ月後に私が今の企画部に異動になったので、そのことをメールで報告したのがきっかけだ。会うことはなかったけれど、日常的にメールを交換するようになった。

最初のうちは、「今日も残業だったよ」とか、「明日は新宿組で飲むよ」とか、他愛もない内容だった。けれど、いつの頃からか、

「最近仕事に迷いが出てる。仕事だけじゃなくて、人生にかな。俺、五年後何してるんだろうとか、考えるんだよね」

「俺の本当にやりたいことって、なんだったのかなぁ」

などと、和真から送られてくるメールの内容が濃くなっていった。そういう明確な答えが出ないような悩みは、一番心を許している人、はたまた未来を共にする人に打ち明けるものでは？　と思ってしまうようなものだ。

私はその都度《つど》、精一杯の言葉を尽くして返信をした。「会って話す？」と言っ

てみようかと思ったことも、何度もある。でも「行っていない国はギリシャ」と私が言ったあとの和真の長い沈黙。そのあと何か言いかけたのに、メールをしていてもそのことに触れないままになっていること。それを思うと、「会う」という提案はしてはいけない気がした。

同僚の女の子と「付き合ってはいるんだけど」の、「だけど」の先についても同じだ。

「すごく束縛する彼女で大変らしいよ。和真、相当疲れてるみたい」

などと、仲間内から時々話は伝わってきた。

でもどれだけ親密なメールを交《か》わしても、和真本人がその件については一切触れようとしないので、こちらからも聞かないのがルールなのだと私は理解した。

「ありがとう。里奈と話すのが一番すっきりするなぁ、やっぱり。言葉だけじゃなくて、感覚で響き合ってるっていうか」

濃い内容のメールをしばらくやりあった後は、いつもそんなような言葉で、和真は私にお礼を言う。そんなことが、この二年間ずっと続いている。

フィロパポスの丘の登り口の近くにあるタベルナで、ランチを摂《と》った。タベルナとはイタリア語で「居酒屋」という意味らしいが、ギリシャでは気軽に入れるレストランのことを、こう呼んでいるようだ。レストランなのに「タベルナ」だなんて。ギリシャに来たことのある日本人は一人残らず笑ったことだろう。

もちろん今日はフィロパポスの丘には登らない。でも明日迷ったりしないように、周辺の様子を見ておきたかった。

ムサカというギリシャ料理がおいしかった。挽肉《ひきにく》とチーズと茄子《なす》の重ね焼きが、ミートソースで味付けされている。ラザニアに似た感じだ。野菜も摂りたいと思い、メニューにあったグリースサラダを頼んだら、ムサカにもハーフサイズのサラダが付いたので、サラダが一・五人分来てしまったことには参ったけれど。ただでさえ海外は量が多いのに。

会計をするときウェイターに、「一人旅？　今晩遊びに行かない？」と聞かれ、ウィンクをされた。パルテノン神殿を見ないように、変な角度で椅子に座って食べていたから、目立っていたのかもしれない。私と同じく添乗員をしていた同僚の女の子に、「海外に行ったら、必ずその国の男性と寝る」というのを仕事の隠しモットーにしていた子がいたことを、ぼんやりと思い出した。「ごめんね。今晩から友達と合流するの」と、私はもちろん適当に断っておいたけれど。

朝ホテルマンに言われた通り、電車もバスも止まっていたので、あまり遠くまでは行けなかった。でも歩いてさえいれば、すぐに遺跡に遭遇《そうぐう》する。交通量の多い交差点の信号を渡ったら、目の前にいきなり古代遺跡の門が現れたり、コンビニで飲み物を選んでいたら、窓の向こうに神殿の石柱跡が見えたり。

アテネは本当に、町全体が遺跡のようだ。観光書によると、今でもプラカ地区などは、地面を掘れば新しい遺跡が出てくるという。

一日歩き回って、日が沈みはじめた頃に、シンタグマ広場の辺りまで帰ってきた。大通りのほうから、複数の騒がしい声が聞こえてくる。プラカードや横断幕を掲げた団体が、車通りを行進して、国会議事堂のほうに移動していく。

デモだ。幕やカードに書かれた文字は、ギリシャ語なので読めないが、きっと財政破綻に関する政府へのデモだろう。

待ち構えていた警官隊が、議事堂の敷地に入ろうとするデモ隊を阻止する。怒号や悲鳴が飛び交った。警官隊はヘルメット姿で、大きな盾《たて》も持っていた。日本ではそんな仰々《ぎょうぎょう》しい姿、テレビでしか見たことがない。

怒号が一層強くなった。火の粉が飛び散るのが見える。火炎瓶《かえんびん》が投げられたらしい。

すぐ目の前で繰り広げられる光景を、「怖い」と思う一方で、目が離せなくなっている自分がいた。

「休みは許可するけれど、ギリシャか。心配だな。今はストやデモも盛《さか》んなんじゃないか」

休みの許可をもらいに行ったとき、藤堂課長がそう言っていたことを思い出した。人当たりがよくて、部下にも常に優しいので、課長は私より若い社員たちにも人気がある。

携帯を取り出して、課長にメールを送った。

『ストにもデモにも遭《あ》いました。無事ではありますが、やはり荒れてますね』と。

ホテルに向かう。すっかり日は沈んでいた。一日中歩き回って疲れたのか、目がぼんやりとした。赤やオレンジの外灯の光が、滲《にじ》んで見える。

もうすぐ夜がやってくる。夜が明けたら明日になる。私の三十歳の誕生日に。

私の行っていない国はギリシャと言ったあとの沈黙と、ここ二年間の精神的に私を頼っているようなメールに加えて、和真はあの約束を果たしに来るのかも――と思わされた出来事が、一ヵ月前にあった。

大学の仲間内の一人で、秋に結婚を控《ひか》えた美穂と飲んでいるときに、「そういえばね、この間パスポートの申請《しんせい》に行ったら、そこで和真に会ったよ」と言われたのだ。

「和真は受け取りに来てたみたい。なんか急いでたしあんまり喋《しゃべ》れなかったんだけど。どこか行くのかしらね？」と。

それから三週間、私は悩みに悩んだ。でも最終的には決心した。子供の頃から、行動力、決断力がある、思い切りがいいと、言われ続けた私じゃないか。行かなくてどうする――。

アテネに来て二日目、私の三十歳の誕生日も、朝からよく晴れていた。雲ひとつない青空だ。こんな日にフィロパポスの丘から眺めるパルテノン神殿は、さぞ美しいだろうと思わされた。

昨日と同じく、ホテルのバイキングで朝食を摂ってから外に出た。今日は最初からまっすぐに、フィロパポスの丘に向かう。

アクロポリス遺跡の丘は、市街地から約七十メートルの高さ。フィロパポスの丘に登ると、それがほぼ正面から眺められるらしいので、二つの丘は大体同じぐらいの標高だろう。

高さはそれなりにあるものの、緩やかな坂だったので登ることはそれほど苦にならなかった。道が舗装されていないので、雑草に足を取られたり、スニーカーが土煙で汚れたりはしたが、それも含めてピクニック気分が味わえた。黄色や白のかわいらしい野草が咲いていたり、野良犬が私を追い抜いていったりもした。

日差しを除《よ》けるため俯き加減で登っていたが、十五分も経った頃、周囲に木々が無くなったことが気配でわかった。頂上だ。

顔を上げる。瞬間、ひゅっと喉《のど》が鳴った。息を呑む。視界いっぱいに広がる真っ青な空の下に、「それ」は佇《たたず》んでいた。パルテノン神殿。二千五百年近くも前からそこに在り続ける、神殿。すべての文化の起源となった、ギリシャ神話の神様たちの住まい。

写真で見るパルテノン神殿は、白い印象だった。冷たくて、だからこそ威厳《いげん》があるような。でも今自分の目で見る神殿は、黄色がかったベージュのような色で、だからなのか、威厳、荘厳さといったものも感じるものの、一方で柔《やわ》らかさや、あたたかみというものが漂《ただよ》っているようにも思えた。昨日からずっと感じている、この町の心地よい雑さ、粗さから来るものかもしれない。

圧倒的なものを目の前にしたとき、「人間はなんてちっぽけで、つまらないんだ」なんて口にする人は多いけれど、果たしてそうだろうか。二千五百年もの歴史を持つ遺産を目の前にして、私は、人間っていいんじゃないか、すごく——と思った。少なくとも、つまらないなどとは思わない。

だって、こんな抜けるような青空、大自然の中にどんと置いても、まったく引けを取らない、こんなにも美しくあたたかいものを、人間は二千五百年も前から創り上げていたのだ。そして、今もそれと一緒に生きている。そこに住む神様たちに見張られながら。

そんな人間が、「つまらないもの」なわけないじゃないか。


どれぐらい、ぼおっとそこに佇んでいたのだろう。足に痛みを感じて我に返った。ただ立っているだけなのに、力を入れて地を踏みしめてしまっていたようだ。

丘の頂上は、記念碑が一つ建っているだけで閑散《かんさん》としていた。思っていたよりも、観光客も少ない。大きな岩がごろごろと剝《む》き出しになって転がっていて、ベンチ代わりにするのにちょうど良さそうだった。木の陰になる岩を選んで、腰を下ろした。日本のように湿度が高くないので、暑さはそれほど気にならないが、日差しは強くてきつい。

和真とは、何時に会うとまでは決めなかった。でも十年越しの約束だと思えば、待つことなんて苦にならない。時間つぶしのものだって、ちゃんと準備してきた。バッグから本を取り出す。小学校のときに愛読していた、ギリシャ神話の本だ。

一時間ぐらい、本を読み進めた頃だろうか。「ハロー」と頭上で男の人の声がした。勢いよく顔を上げる。

でもそこに立っていたのは、和真ではなかった。白人の中年男性だ。観光ガイドの札を首から下げている。昨日、市内でも数人見かけた。

「君もアジア人だよね？　あの子と会話できないかな？」

男性はパルテノン神殿のある方向に顔を向けて、岩の一つに腰掛《こしか》けている女性を目で指した。実は私も彼女のことは、気になっていた。私が登って来たときから居たのだが、この一時間で観光客は入れ替わり立ち替わりしているのに、彼女だけはずっとそこにいる。木陰《こかげ》でもない場所で、私と違って本を読んだりもせず、ただただずっと神殿を眺めているのだ。

「あの子、もう三日もああしてるんだよ。一昨日と昨日は、朝から日が沈むまで居たんだ。何してるの？　って聞いても、英語がわからないみたいで、さっぱり通じなくて」

斜めの角度からしか見えないが、確かにアジア人っぽい。

「私は英語以外は日本語しか話せないから。彼女が日本人じゃなかったらアウトですよ」

そう言ってみたが、それでも男性は聞いてみて欲しいと言った。彼女が座っている場所は崖《がけ》になっているところの際《きわ》で、この丘もやっぱり粗く雑で、柵もなにもない。女性一人だし、三日もとなると心配なのもわかる。

立ち上がって彼女に近付きかけたとき、下のほうから「ヘイ！」と人の声がした。「ホワッツ？」と言いながら、ガイドの男性は私を置いて、降り口に向かってしまった。

どうしようか迷ったけれど、もう立ち上がってしまったので、そのまま彼女に後ろから近付いて声をかけた。

「あの、すみません」

「え?」と大きな声を出して、彼女が勢いよく振り返った。

「びっくりした。急に日本語」

目を丸くして私の顔を見る。日本人だ。


サナエと名乗ったその女性は、歳は私と同じ三十歳。名古屋《なごや》に住んでいて、四日前にアテネにやって来たと言った。一人旅だという。

「なにをしてるの?」と訊ねたら、「人を待ってるの」と返事をした。その答えに、私の胸はどくんと鳴った。

サナエは饒舌《じょうぜつ》だった。英語が話せないから、こちらに来てから誰とも喋っていなくて、日本人に会って嬉《うれ》しかったのだろう。

「私、一年前まで証券会社に勤めてたんだけど、ノルマと残業地獄で、もうボロボロで。思い切って会社を辞めて、生まれて初めて一人旅に出たの。エジプトとトルコとギリシャをまわったんだけど、そこで、すごいことがあって」

サナエは、子供のように目を輝かせながら喋った。

「エジプトのクフ王のピラミッドの近くで、日本人の男の人を見かけたのね。数日後、トルコに移動してカッパドキアに行ったんだけど、そこでも同じ人を見たの。最初は海外で日本人を見るから同じに見えるだけなのかなって思ったんだけど、やっぱり同一人物なのよ。それで次にギリシャに移動してきて、このフィロパポスの丘に登ってパルテノン神殿に見とれてたら、隣に人が立ってる気配がしたの。で、見てみたらまたその男の人。さすがに声をかけずにいられなくて」

サナエの話に、私の胸がどくんどくんと騒いだ。決して気持ちのいい騒ぎ方ではない。

「そうしたら、向こうも私と行く先々で会ったことを覚えてくれていて。そのあと色々話したら、びっくりするぐらい、私たち状況が似てたの。彼は福岡に住んでいるんだけど、やっぱり仕事を辞めたばかりで、初めての一人旅だったのね。日本を出発した日まで同じで、これはもう運命だと思って。そのあとの日程は二人で過ごしたの」

　二人で過ごした——。それは関係を持ったということなんだろう。

「日本に帰ったらきちんと私と付き合いたいって言ってくれて。でも彼、ちょっと色々抱えていたのね。今後の仕事とか人間関係とか。でも、一年できちんとするからって。一年後に私のことを迎えに来るって言ってくれて。じゃあ、一年後にまたフィロパポスの丘で会おうって約束したの」

「その一年後の日が、今日？」

　私は聞いた。ずっと明るかった彼女の表情が一瞬曇《くも》る。

「あ、昨日だったんだけど。でも時差もあるし、彼、天然なところもあったから」

　それで、前後の一昨日も今日も待っているというわけか。

「ねえ、その旅行。飛行機やホテルはどうやって手配した？　旅行社？」

「うん、そうだけど」

　彼女はうちのライバル社の名前を口にした。やっぱり——。

　旅の行く先々で同じ人に会う。運命かも——。サナエが話したような話は、旅行業界の人間からすると、なんらめずらしい話ではない。あまりにもありふれたものだ。

旅行社のツアーには二種類ある。添乗員を付けて、現地でもずっと一緒に行動するものと、飛行機やホテルだけを手配して、現地では旅行者に個人で動いてもらうもの。

後者の同じ日に出発のものを買った人がいると、旅の行く先々でその人と出くわすことになる。スケジュールが同じなのだから、なんら不思議なことではない。大体どの都市でも、観光に行く場所は限られているし。運命なんかじゃないのだ。

一年ほど前に、全く同じような話を持って、うちの社に乗り込んできた女性がいた。現地で出会った人と恋愛をして、日本でまた会おうと約束したのに、帰国したら連絡が取れなくなった。事故にでも遭ったのかもしれない。彼の連絡先を教えてくれ、と。

藤堂課長が慎重に言葉を選びながら、「それはきっと」となだめたが、全く納得してくれず、最後は地団太《じだんだ》を踏んで泣き叫んで大変だった。

「ねえ、それって」

サナエに向かって、重い口を開きかけたときだ。バッグに入れていた私の携帯が鳴った。メール受信音だ。助かったと思いながら、「ちょっとごめん」とサナエから離れて、もと居た木陰に身を寄せた。

桂子からだった。『速報！』というタイトルで、大学の仲間たち全員に同報で送られている。

『和真が同僚の彼女と結婚だって！　しかも彼女は妊娠中！　Ｗおめでた！』

頭が一瞬で真っ白になった。なかなか事態を理解できなくて、しばらく携帯を持ったまま、その場に立ち尽くした。その間に、どんどん新しいメールが入ってきた。同じメールを受け取った仲間たちが、『びっくり！』『和真おめでとう！』などと送っている。

みんなが話す内容をまとめると、こういうことだった。今日飲み会をしていた桂子たち新宿組が、来られなかった和真に「声だけでも参加を！」と電話をかけた。そこで、結婚、妊娠の報告を受けた――と。

『彼女が安定期に入るまで言えなかったんだって。でももう大丈夫で、来週からグアムに新婚旅行だって』

新婚旅行。パスポートの申請はそのためか。

「ふふっ」と笑い声を漏《も》らしてしまう。グアムだって。遺跡、歴史、考古学といつも得意気に語っていた和真が、グアム。

きゅきゅっと草を踏むような音が聞こえてきた。足許《あしもと》に落としていた視線の先に、男物の茶色い靴が現れた。

心臓が、とくんとくんと鳴る。

来てくれたのだろうか、彼が――。

顔を上げる。でもそこに立っていたのは、さっきの観光ガイドの男性だった。

「どうだった？　彼女」

私の待ち望んでいた彼、藤堂課長ではない。

「ギリシャって、まさか。昔の彼との約束を果たしに行くつもりか？」

休みを申請に行ったとき、課長は私にそう言った。酔った席で何度か、和真との約束の話はしたことがあった。その都度彼は、「里奈にそんなロマンチックなところがあったとはね」と笑い、それから「でも、ちょっと妬《や》けるな」と言った。そして私はその「妬ける」という言葉を、ありがたがった。

彼との付き合いは、もう五年になる。添乗員時代、私がロンドンのツアーに行っているとき、出張でたまたまロンドンに来ていた彼が、陣中見舞いだとホテルに会いに来てくれた。そのとき彼はまだ、企画部の係長だった。

忙し過ぎて心身ともに疲れていた私は、他部署であっても上司が見舞ってくれたことは嬉しかった。食事をしながら、そのとき抱えていたものを、全部彼にぶちまけた。彼は文句も言わず説教もせず、ただただ「うんうん」と私の話を聞いてくれた。その日の夜に、私たちは初めて関係を持った。

二年前、企画部の課長に昇進すると、彼は私を自分の部署に呼び寄せた。自分には奥さんも子供もいるのに、彼は私に対してヤキモチ焼きで、ツアーで私が見知らぬ男性客と何日も一緒に過ごすことを、前から嫌がっていた。

最初は私も、彼の側にいられる時間が多くなると、同じ部署になったことを喜んでいた。でもこの二年で、よくわかった。人当たりがよくて聞き上手で、誰にでも優しい彼は、優しいだけで、その実なにも産み出せない、どこにも進めない男なのだ。

「あの約束は、若いときの冗談だって自分でも言っていただろう。まさか、彼が来ると思ってる？」

「もし、その昔の彼氏が本当に来たら。君はそれで、どうするつもりなんだ？」

そう言われて、「あなたはどう思うの？」と、私は言った。

「彼は来ると思う？　来たら、私はどうすると思う？」

そう言って、その場を立ち去った。

和真が来ると思ったかどうか。よくわからない。来たらどうするつもりだったかも。

どっちでもいいと思っていた。和真でも、そうやって挑発したら、課長がギリシャまで追いかけてきてくれるのでも。

どちらかでも来てくれたら、私はこの冴《さ》えない日々から、連れ出してもらえるんじゃないかと思った。行動力がある、思い切りがいいと言われながら、実はこの数年間、停滞しっぱなしの、この情けない日々から。

でも和真は来ない。課長も来ない。課長は昨日と一昨日送ったメールに、返信さえしてこない。


「大丈夫よ」

ガイドの男性にそう告げて、私は体をサナエのほうに向けた。彼女はまた、パルテノン神殿のほうに顔を向けて座っている。

痛い。うちの会社で地団太を踏んだあの女性も、今、目の前にいるサナエも。そして私も。痛い。そしてカッコ悪い。

ダメなのだ。男に連れ出してもらおうなんて思っているから。だから抜け出せないのだ。

近付いて行って、「ねえ」と、またサナエに後ろから声をかけた。

「去年も来たんでしょ、ギリシャ。アクロポリス遺跡に行った？　パルテノン神殿、近くで見た？」

振り返った彼女は、戸惑《とまど》った表情で私を見た。

「見たけど……？」

あなたの運命の人は、やって来ない。あなたをここで待たせながら、きっと今頃彼は、福岡でつまらない女の機嫌でも取っている。「感覚で響き合っている」と私に言いながら、束縛彼女と別れなかった和真のように。「妻とはいつか別れるから」と言いながら、五年も何もせず、来月妻と子供をオーストラリアに連れて行く、「家族思い」と言われている課長のように。

「案内してくれない？　私、まだ行ってないの」

彼女は戸惑った表情のまま、私の顔をじっと見た。その目の奥に、私は見た。安堵《あんど》の色が浮かんだのを。ここから自分を連れ出してくれる人を見つけて、それにすがりたいという欲求が表れたことを。

「アクロポリスの、イロド・アティコス音楽堂って、今でも夏はコンサートとかやってるんでしょう。一緒に観に行かない？　リカヴィトスの丘に登るのもいいな。ここよりずっと高いのよね。エーゲ海が見えるかも。付き合ってよ」

「……いいけど」

呟いて、サナエはゆっくりと立ち上がろうとした。でもずっと座っていたから足が固まったのか、すぐによろけて、また岩にお尻を付いた。

ゆっくりと、私は彼女に手を伸ばした。遠慮がちに、でもしっかりと、彼女が私の手を握《にぎ》る。

今だけだ。今だけは私が引っ張ってあげる。あなたが私を連れ出してくれたお礼に、今だけ。

ガイドの男性は、いつの間にかいなくなっていた。

私とサナエは、パルテノン神殿に背を向けて、ゆっくりと丘の降り口に向かった。

登ってくるときよりも、一歩一歩を強く踏みしめながら、私は緩やかな坂を下った。

途中、一度振り返ってみた。

パルテノン神殿は、さっきまでと変わらない姿で、きっと二千五百年前とも変わらない姿で、そこに佇んでいた。太陽に照らされながら、悠然と、威厳を持って。でも柔らかく、あたたかく――。

「どうしたの？　行こうよ」

立ち止まった私に、サナエが言う。

うん、行こう。

あそこに居る神様たちは、ダメな恋愛ばかりしていて、カッコ悪くて、痛い。

私たちと一緒だ。

だから大丈夫。私たちの行く先を、決して見捨てたりはしない。

ずっとあそこから、見張って、見守っていてくれるはず。

かなしい食べもの

彩瀬まる

彩瀬まる（あやせ・まる）

2010年「花に眩む」で第９回「女による女のためのＲ-18文学賞」読者賞を受賞しデビュー。2013年３月、自身初の長編作品『あのひとは蜘蛛を潰せない』を刊行。他の著書に『暗い夜、星を数えて―3·11被災鉄道からの脱出―』がある。

四月なのに、メリーゴーランドから流れてくるのはクリスマスの曲だった。曲名は分からないけれど、淡々としたオルゴールの音色からでも「メリークリスマス、アンド、ハッピーニューイアー」という有名なサビの歌詞が思い浮かぶ。誰の曲だっただろう。色んな歌手がカバーしているせいか、元の声がよく思い出せない。

高嶋《たかしま》は沈黙を繕《つくろ》うようにカップを持ち上げ、さほど熱くもないコーヒーの水面に息を吹きかけた。金の鞍《くら》をつけた白馬も、鼻先の塗装が剝《は》げた栗毛馬も、赤い王冠に似たメリーゴーランドの屋根も、周囲の木立も、なにもかもが白い霧雨に包まれている。濡れていないのはパラソルに守られたテラス席に座る自分たちだけだ。

カフェに入った際、雨だから、と高嶋は灯《あかり》を店内の席へ誘った。灯は少し考えて首を振り、「メリーゴーランドが真隣《まとなり》にあるカフェなんて初めてだから」とウッドデッキのテラス席を指差した。雨で陰《かげ》った店内に客の姿はほとんどなく、常連らしいくつろいだ様子の老婦人が奥の席でぽつりと一人、ブックカバーをかけた文庫本を開いていた。

ぬるんだコーヒーで舌を湿《しめ》らせ、乳白色のカーテンにくるまれた木馬たちに目を据《す》えながら、高嶋は懸命に次の話題を探していた。今日のデートは散々だった。少し遠出をしてドライブしよう、という主旨だったものの、高速道路は補修工事で渋滞していて、行くつもりだったガラス工芸美術館は臨時休業、慌ててカーナビで見つけ出したアミューズメントパークの駐車場に車を停めたところで雨が降り出し、しかも観光の目玉であるハーブ園は植え替えのために閉園していた。結局今日は、朝から一緒にいるというのに、灯を狭《せま》い助手席に押し込んで連れ回すことしかしていない気がする。

アミューズメントパークと言ってもこぢんまりとしたもので、ハーブ園と、今は季節外れで同じく閉じている薔薇《ばら》園、地場野菜の直売所と、子ども用に付け足したのだろう申し訳程度のメリーゴーランドしかない。コーヒーを飲み終えたらどうすればいいのだろう。こんなになんの収穫もないまま、彼女を帰してしまっていいものだろうか。それとも、多少無理をしてでも、もう一箇所ぐらいどこか遊ぶ場所を探すか。車に乗り続けて、疲れてはいないだろうか。言葉に迷ううちに、口元がなんだか硬《かた》く、動かしづらくなる。丸テーブルを挟んだ向かい側に座る灯の横顔を窺《うかが》うと、彼女はココアが半分ほど残ったカップを両手で包み、椅子に背中を預けた柔《やわ》らかい姿勢でメリーゴーランドを見つめていた。唇が、わずかにほころんでいる。

高嶋は霧雨の向こう側の木馬たちへ目を戻した。ちょうど、野菜を買いに来たのだろう親子連れが立ち寄るところだった。係の男に三百円を渡し、父親がまだ小学校に上がる前だろう娘を白馬へ乗せる。赤い傘を差した母親は大根の葉が飛び出たビニール袋を手にさげて装置のそばで待っていた。電飾が輝きを強め、「メリークリスマス、アンド、ハッピーニューイアー」のメロディに乗って夢の馬たちがギャロップを始める。娘は真剣な面持ちで木馬の首を抱き、そばの馬車に腰を下ろした父親が楽しげにその横顔を見つめている。回転を速める赤い王冠から、蜜色の光があふれ出す。

「メリーゴーランド、好きなんです」

雨音に似た静かな声で灯が呟《つぶや》く。高嶋は会話の糸口に感謝しつつ相づちを打った。

「このあと、乗ろうか。ちょっと照れくさいけど」

「いえ、ああいう賑《にぎ》やかなものを、ぼうっと見てるのが好きなんです。自分が乗るのは、落ち着かない」

そういうものだろうか、と首を傾《かし》げ、なんだかさみしいなと思う。

灯は楽しそうにメリーゴーランドを見ている。コーヒーもココアもすっかり冷めてしまったけれど、二人を包む空気は薄手の毛布のように心地良い。こんな沈黙があるんだ、と胸で呟き、高嶋は灯の横顔を見直した。美人か、と言われるとよく分からない。目は大きいがどこか厚ぼったい一重の垂《た》れ目で、鼻の形も丸い。全体的に痩《や》せ形で、茶色く染めた髪をショートのボブにしていて、どこか少年めいた印象も受ける。化粧も薄い。今まで目で追ってきたのが髪が長くて肉付きの良い、華《はな》やかな女性ばかりだったことを思えば、いわゆる自分の好みとは正反対のタイプだ。けれどココアを飲む瞬間、うつむいた彼女の頰《ほお》に浮かぶなんとも言えないあどけなさは好きかもしれない。長い長い細道を一人で歩いてきて、山を越えて川を渡り、ようやく尋ね人に会えたような、手のひらにすとんと星が落ちてきたような、そんな幸福な予感に冷えた指先が熱くなっていく。

出会いは流行《はや》りの料理合コンだった。一度勤務上がりに待ち合わせて夕飯を食べ、二度レイトショーの映画を観に行った。この四度目のデートで、高嶋は自分がゆっくりと、メリーゴーランドが回るのと同じ速度で灯に惹《ひ》かれていくのを感じた。

聖夜を称《たた》えるメロディが尻つぼみになり、回転を弱めた馬たちはただの濡れた木製品に戻っていく。夢から醒《さ》めたようにココアをすする彼女を見るうちに、硬くなっていた唇からほろりと言葉がこぼれでた。

「帰りに、ドーナッツを、買わないか」

「ドーナッツ?」

「そう。ほら、初めに会ったとき、自己紹介シートに書いてあっただろう。パンが好きですって。すこし遠回りになるけど、近くにおからを使ったドーナッツがおいしい店があるって、テレビでやってたのを思い出したんだ。カーナビで店名を検索すれば出てくると思う」

「パン……ああ、そうか。覚えていてくださったんですね」

少し照れくさそうに眉を下げた灯が、飲み干したカップを置く。なるべくさりげなくその手をとって、席を立った。初めて触れた彼女の手は冷たく、陶器《とうき》のようにすべすべしていた。


それから五ヶ月後、近しい付き合いを続けた二人は灯のアパートの契約更新をきっかけに新しい部屋を借りて同居を始めた。ダイニングキッチンに八畳の和室と六畳の洋間がついた賃貸マンションの四階の部屋で、家賃があまり高くない上、ベランダから多摩川《たまがわ》沿いの桜並木が見えて、春になったら花見が出来ると不動産屋が言うので、この部屋に決めた。

「透《とおる》さん、ちょっといいですか」

山積みの段ボールをつぶし終えた晩、お互いの健闘をたたえてビールやワインで酒盛りをしている最中に、灯が通勤鞄から一枚の紙を取りだした。ろれつの回らない様子で続ける。

「透さん、私ね、一つお願いがあるんです。他にわがままは言わないから、これだけ叶《かな》えて欲しいんです」

「大げさだな。なんでしょう」

「これを、たまにでいいから、作って欲しいの」

差しだされたのはパンのレシピだった。手書きで、ノートをコピーしたものなのか、字の背後に薄い罫線《けいせん》が入っている。タイトルは「枝豆チーズパン」。それほど手順は難しそうではない。引っ越しの際に灯が持参したホームベーカリーに強力粉や卵などの材料を放り込んで一次発酵させ、冷凍枝豆を混ぜて小分けにし、二次発酵のためにしばらく放置。最後にチーズをまぶしてオーブンで焼けば出来るのだという。もともと、手先の器用さには自信がある。

「いいよ、作ろうか」

「うれしい」

「酒のつまみみたいなパンが好きだね」

「子どもの頃によく食べてたから、このパンがあると落ちつくの」

母の味というやつなのだろうか。でも確かに、常食にするならあんパンなどの甘いパンより、このくらい塩気があってあっさりしたものの方がいいのかもしれない。なにかを作って欲しいなんて子どもじみた願いが妙にくすぐったく、高嶋はゆるむ頬の内側を噛《か》みながら二つ折りにしたレシピを台所の引き出しにしまった。背後に、少し弾んだ声がかかる。

「代わりに、透さんも私になにかお願いしていいよ」

「ええ？　俺はいいよ」

「どんな馬鹿馬鹿しいことでもいいから」

馬鹿馬鹿しいこと？　なかなか思い浮かばず、まだ生活の匂いが染《し》みていない部屋を見回した。組み立てたばかりの本棚に、背表紙の高さに合わせて並べた本が行儀よく収まっている。本棚は三段で、上段には二人が持ち寄った漫画本、中段には高嶋が好んで収集しているミステリー小説の単行本、下段には灯が定期購読しているファッション雑誌が詰め込まれている。色とりどりの背表紙をしばし眺《なが》める。

「月に一度くらいは、休みの日に、一緒に図書館に行かないか」

喋《しゃべ》らずに彼女と一緒にいるのが好きだ。けれどそれを直接言うのは照れ臭くて、そう言った。灯は目を丸め、そんなことでいいの？　という顔をしてから頷《うなず》いた。

形のあるものを作りたい。それは、学生時代から高嶋の体内を流れる一筋の川のような衝動だった。けして目立つ水量ではない。特に目標としている建築家がいるわけでも、なにか憧《あこが》れを決定づける鮮烈なエピソードがあるわけでもない。ただ、さやさやひたひたと「形のあるもの」への思慕《しぼ》は土中に埋もれた小川のように高嶋の背骨を濡らし続けた。学生時代の文化祭ではいつも裏方で、お化け屋敷の骨組みや演劇で使う段ボールの張りぼてを作る係に進んで手を挙げた。それまでこの世になかったものが形をもち、立ち上がる。そうすると、周りに人の輪が出来る。「高嶋くん器用だね」「ああ、なんかお城の壁っぽい」「卒塔婆《そとば》の色、もっと茶色いほうがいいかな」そんな体験を繰り返すうちに、いつしか大きなものを作りたいと望むようになった。大きければ大きいほどいい。

大学の工学部を卒業し、縁があって入社が決まったのは昇降機を主に取り扱う会社だった。昇降機といっても幅広く、エレベーター、イベントホールの舞台床や吊《つ》り物設備、家庭用の介護リフトなど、物を乗せて上がったり下がったりするものならなんでも作る。

設計部に配属され、最初に携《たずさ》わったのは六階建てマンションのエレベーターだった。先輩にしごかれながら修正を重ねた図面が立体としてこの世に現れた日は嬉《うれ》しくて、用事もないのに完成したばかりのマンションの周囲を何度もうろつき、住民がエントランスをくぐっていく後ろ姿を眺めた。それから駅や病院、老人介護施設、もちろん普通のマンションでも、あらゆるエレベーターの図面を引き続けた。

初めて「でかい」と思う建物に携わったのは三十歳のときで、渋谷《しぶや》の一等地に建設される大きな演劇ホールの舞台床の製作だった。役者や小道具を持ち上げる小さな昇降機、いわゆる「迫《せ》り」を作って欲しいという注文だ。劇中に使用されることを考慮して普通のエレベーターよりも稼働音を小さくしたり、停止精度をあげたりと慣れない要求に苦労もしたが、無事完成し、関係者の一人としてホールの竣工《しゅんこう》式に立ち会ったときには自分の体がホールの大きさにまで膨《ふく》らんだような幸福を感じた。建物の外殻《がいかく》、人間でいう骨や肉を作るのが建築会社だとしたら、自分たちのような設備系の会社が作っているのはいわば内臓器官だ。すべてが合わさって、一つの機能を持つ巨大な生き物として完成する。

「あのホールで仕事したんだ。ほら今、『椿姫』の劇が上演されてるやつ」

劇の題目をそのとき上映しているものに変えるだけで、実家の親にも、久しぶりに会った高校の同級生にも、合コン相手にも、「ああ」と頷いてもらえる。「すごい」と褒《ほ》められることもある。自分がどんな仕事をしていて、どれだけ大きなものを作っているのか、とても簡単に分かってもらえる。大きくて存在感のあるものに、それ以上の説明は要らないのだ。

ホールの完成から四年が経った今は、新しく原宿《はらじゅく》にオープンする三十階建てのホテルの客用エレベーターを作っている。もうすでに図面は引き終わり、工場での進行を見守っている段階だ。

ほとんどのスタッフが引き上げた真夜中、工場の片隅で試作品として組み立てられた奥行き一メートル四十センチ、幅一メートル三十五センチ、積載可能量七百五十キログラムのカゴ室を眺めながら、この箱が高度百メートルまですうっと上っていくところを夢想する。ガラス張りなのは「お客さまがまるで宙に浮いている気分になるように」というホテル側からの注文による。上部もガラスにして星が見えるようにして欲しいというので、ドアの開閉装置の位置取りに苦労した。

「なにニヤニヤしてる」

無精髭《ぶしょうひげ》を擦《こす》りながら声をかけてきたのは作業用ジャンパーを羽織《はお》った製造主任の岡部《おかべ》だった。入社十五年目のベテランで、設計部に入ったばかりの頃は描き込みの甘い図面にたびたび指摘をもらったため、高嶋は今でも頭が上がらない。試作品の確認に来たのか、後ろに入社したばかりの若い部下を二人連れている。いつのまにかゆるんでいた口元を片手で覆い、高嶋はばつの悪さに目をそらした。

「してませんよ」

「ちょうど良かった、確認したいことがあったんだ。今日追加で注文された車いす用の操作盤な、付けるのは問題ないが、ガラス張りじゃ外から配線が丸見えだろう。先方は承知してるのか？」

「そこだけゴールドのケースをつけて隠すことになってます。意匠《いしょう》部にいくつかデザイン案を作ってもらっているので、ホテル側のオーケーが出次第、修正した図面をお渡しします」

「後になってジジババ用の手すりも付けてくれとか言ってこないだろうな」

「確認とれてます。操作盤のみで大丈夫です」

岡部は何度か頷いて手元の資料に書き込みを足した。若手二人を振り返り、目の前のカゴ室に油圧ユニットをどう取り付けていくかの説明を始める。メモを取りつつ若い二人は質問を重ね、岡部はそれに答えていく。

三人のやりとりを聴きながら、次第に高嶋は妙な焦《あせ》りに呼吸が浅くなっていくのを感じた。若い二人は喋るのが速く、なんだか声が聞き取りづらい。また、一人が問いかける最中にもう一人が問いを被《かぶ》せたり、途中で自力で答えに辿《たど》りついて勝手に納得したりと、喋る内容にも一貫性がない。油圧ユニットの種類についいて、配置の仕方について、なんで今回はロープ式じゃないのか、ガラス張りって耐震的にはＯＫなんですか、え、法律変わったんですか？　いやでもこないだ部長がこう言ってたんですけど。えー、そんな立場によって解釈が変わっちゃうのってどうなんですか。そういえば、このユニットって作ってる工場変わったんですよね。はい、はい。これだけ矢継ぎ早にまくし立てられて、よく岡部は困らないなと思う。自分が設計担当している部分は追加で説明を足してやろうと思うのに、三人のあいだを跳《は》ねる会話を追うだけで必死になってしまい、なかなか口が出せない。活発な会議でも、こういうことが時々ある。相性が悪いと一対一でも起こる。意見を言うタイミングを見失う。

「お前から何かあるか」

岡部に水を向けられ、高嶋はまばたきを繰り返した。十秒前に言うならちょうど良かっただろう内容はある。けど、改めて口にするほどではない。一秒迷う。ジャグリングのようになめらかに投げ交《か》わされていた会話のボールを、自分の手元で止めてしまっている自覚がある。高嶋は首を振り、特にはないです、と辛うじて返した。軽く頷き、岡部は復習しろよ、と促《うなが》して若手二人を解散させた。それで帰るのかと思いきや、その場に残って試作品のカゴ室に目を戻した。ぽりぽりと気だるげに首筋を掻《か》く。

「お前、そういえば異動の話が来たんだって？　新しいとこから」

何気ない口ぶりから、聞くタイミングを窺っていたのだろうと思った。ここ数年、会社は昇降機のみならず生産分野を広げようと試行錯誤を繰り返している。

噂《うわさ》で囁《ささや》かれる新しい事業部がなにを作ることになるのかはまだ分からないが、先日の飲み会で設計部の上司から「一応頭に入れておけ」と肩を叩《たた》かれたのは事実だ。

「はい、まだ決定はしていませんが」

「行きたいか」

「そんな、行きたくても、行きたくなくても、上が決めることですよ」

「さばさばしたもんだな。物の上げ下げに未練はないのか」

「いや……俺、でかい建物が好きなんで、ダムのエレベーターとか作ってみたい気はするんですけど」

「ああ、あれほどモノのでかい受注はなかなかないなあ」

「ですよね。だから、……なんというか、ダムほどじゃなくてもそこそこ名の通ったでかい建物に関わってこれたし、いいかなって思う部分もあって」

「そんなもんか」

ふと、ゆるやかな沈黙が落ちた。岡部はまた首筋を搔いてジャンパーのポケットから缶コーヒーを二本取りだし、片方を高嶋へ差しだした。

「まあ、流されるよりは、行く先がどこであれ、自分から流れるぐらいの気でいろよ」

「なんですかそれ」

「ぼうっとするなってことだ」

おつかれおさきに、と手を振るジャンパーの背中が遠ざかる。自分はぼうっとしてるのだろうか。もらった缶コーヒーを手のひらで弾ませ、高嶋は工場の照明を落とした。

松屋で牛めしとみそ汁を買ってマンションに帰ると、部屋の電気は消えていた。先に寝ているのかとも思ったが、寝室に灯の姿はない。金曜の夜はいつも遅い。他業種にしてみれば一週間でいちばん幸福な時間だが、接客業にとっては山場なのだろう。三十半ばの高嶋よりも五つ年下の彼女は渋谷の駅前にある若者向けのアパレルショップで販売員をしている。帰宅時間が異なるため、夕飯はそれぞれに済ませることが多い。洗濯機に汚れた衣類が溜《た》まっていたのでそれを回し、水音を聞きながら和室のローテーブルで牛めしを食べた。ビールのプルタブを起こし、テレビをつけ、ザッピングの手をたまたま中継されていたサッカーの試合で止める。

二十二時を回り、それでも灯は帰ってこない。暇《ひま》だったので、台所の引き出しから二つ折りのレシピを引っ張り出した。材料は強力粉、砂糖、塩、卵、バターにドライイースト、あと最後に冷凍枝豆とチーズ。ほろ酔いの頬の熱さを感じながら深夜までやっているスーパーへ足を延ばした。材料を買い込み、ホームベーカリーの説明書を見ながら分量通りに炊飯ジャーそっくりな四角い容器に粉やバターを放り込んでいく。枝豆はジャー上部の小さな蓋《ふた》付きのスペースに粒《つぶ》を入れておけば生地をこね終わる間際のタイミングで混ぜ込んでくれるらしい。良くできてるもんだなあ、と同じ機械作りに携わる者として感心する。準備を整えて、レシピの指示通り一次発酵までのコースでボタンを押した。ぶぅん、と低い動作音が響きだす。

買い出しついでに購入したサラミでビールをもう一本空け、洗い終わった洗濯物をカーテンレールへ下げていく。風呂から上がると、ぴーろろろ、ととんびの鳴き声に似た電子音が台所から聞こえた。

蓋を開けた瞬間にどこか甘苦い、アルコールを蒸《む》したような匂いがむっと立ちのぼった。ジャーの中に入れた分量よりも二倍は膨らんだように感じる、ところどころ枝豆の緑色が透ける白い物体が収まっている。ぽってりとした質感に誘われて指を突き入れると、ぬるま湯をたっぷり含んだ餅《もち》のような未知の感触に二の腕の辺りがむずがゆくなった。柔らかすぎて、なんだか落ち着かない。とりあえずレシピ通りに乾いたまな板に打ち粉をして、もちもちたぷたぷと手からこぼれかけるパン生地を運んだ。

べたつく包丁に苦戦しながらかたまりを八等分にしたところで、玄関の扉が開いた。ただいま、つかれたよう、と息を吐くような声が響く。

「おかえり」

「あ、パンの匂いだ」

「おお、明日休みだし、試しに作ってみてるんだけど」

丸める、とレシピにあるので、パン生地を握《にぎ》り飯を締めるように手の中で転がしてみるも、切った断面が手のひらに貼りついてまとまらない。ストールを外した灯が横からつま先立ちになって覗《のぞ》き込んでくる。

「すごい！　生地じょうずに出来たね」

「作ったのはホームベーカリーだって」

「丸めるのは、こうやると楽だよ」

灯は洗った手に粉をまぶしてから切り分けられた生地の一片をつまんだ。打ち粉が多く引かれた箇所に移動させ、パソコンのマウスを持つときのようなお椀形に開いた手指を生地の上にそっと被せる。そして手のかたちを維持したまま、ゆっくりと円を描くように動かして中の生地をころころと転がし始めた。すると、高嶋の手ではどうしても言うことを聞かなかったパン生地が次第に角を失っていった。

「指先をちょっとすぼめると、どんどん生地が内側に入っていくから」

「うまいなあ」

「そう?」

「自分でもよく作るのか?」

「あまり作らない。これは、人に作ってもらうのが好きなの」

たどたどしい手つきでパン生地を丸めながら、高嶋は、灯の声がとても聞き取りやすいことに気づいた。高すぎず、低すぎず、少しおっとりとしたしゃべり口なのが良いのかもしれない。聞いていてもまったく焦らず、穏《おだ》やかな心もちで居られる。これが相性というやつだろうか。成形を終えたパンを十分寝かせ、チーズを散らしてから熱したオーブンへいれた。鼻につくイースト臭が徐々に薄れ、香ばしい小麦の匂いが漂《ただよ》い始める。零時ちょうどにきつね色のパンが焼き上がった。熱々の一つを、シャワーを浴びてきた灯と台所で立ったまま頬ばる。

おいしい、と灯は目を細め、まるで金魚がついばむように少しずつパンを齧《かじ》りとった。彼女は気に入ったようだが、高嶋にしてみればなんだか内部が硬い気がした。生地をこねすぎたか、とレシピをつまんで工程を見直す。六つ残ったパンは灯が「冷凍したい」と言いだした。遅く帰った日の夜食にしたいのだという。

拒《こば》む理由もなく、いいよ、と高嶋は頷いた。

それから一日にだいたい一つのペースで、灯は解凍してすかすかになったパンを食べ続けた。パンを食べる間は雑誌もめくらずCDも聴かず、ただ淡々と嚙みしめるように口を動かしている。高嶋の目には、おいしいから食べるというわけでも恋人が作ったものだから食べるというわけでもなさそうな、なにかしらの無感覚が彼女の周りに漂っているように見えた。

「ほんとにうまいの？」

問いかけに、うん、と灯は子どもじみた仕草で頷く。

次の金曜の朝、冷蔵庫のパンがすでに無くなっているのに気づいた高嶋は「また作る？」と灯に聞いた。茜《あかね》色のマフラーにショートブーツを合わせた彼女は玄関口で振り返り、「作ってほしい」と笑顔でねだった。帰宅後、今度は生地をこねすぎないよう加減しながらパンを丸める。二回目はだいぶ上手くできた。外皮の歯ごたえがよく、中もふかふかと柔らかい。家にパンの匂いが漂っていることに灯は喜び、その場で二人で食べたパン以外に残る六つをまた嬉々として冷凍した。

　そんな日々を繰り返すうちに秋が終わり、街へ乾いた冷たい風が吹き込み始めた。高嶋はエレベーターを作るかたわらでパンを焼き続け、その腕は徐々に向上した。慣れてきたからたまには違う具材を入れて焼こうか、と提案しても、灯は「このパンがいいの」とあっさり首を振る。

　十二月の末、高嶋は八王子《はちおうじ》にある灯の実家の餅つき大会へ招かれた。伯母夫婦とその子どもたちなど、主に彼女の母方の親族が集まるらしい。男手は歓迎される、と灯も珍しくはしゃいだ様子で高嶋の手を引いた。

　当日の朝、灯は二時間かけて実家に着ていく服を選んだ。どっちがいいと思う？　と両手に持ったニットを交互に胸に当てられても、高嶋には何が違うのかよく分からない。

「どっちもかわいいよ」

「うーん。どっちのほうが、きちんと生活してるっていう風に見える？」

「きちんと?」

灯が持っているニットは白い無地のVネックのものと、紺色で丸首の、襟元《えりもと》に金色の刺繍《ししゅう》が入ったものだった。どちらもシルエットがすっきりと涼しく、普段彼女が出勤時に着ているファーやボタンの主張が強いカントリー調の服とはかけ離れている。

「なにをそんなに気にしてるんだ?」

「伯母さんたちの服装チェックが厳しいの」

「なんだそれ。俺もなんか気をつけた方がいいの?」

「あ、透さんのはちゃんと準備しておいたから」

灯はクリーニング店の紙袋からビニール包装のかかったストライプのシャツとトラウザーパンツを取りだした。どちらも買ったばかりで、シルエットが細く装《そう》飾《しょく》のない、小綺麗《こぎれい》なデザインだ。結局彼女は白のニットにオリーブグリーンの膝《ひざ》丈《たけ》スカートを合わせた。鏡の前で入念に点検して、よし、と気合いを入れるように一つ息を吐く。

乗り換えに使う東京駅で手土産を買い、中央線に乗り換える。八王子駅前には迎えが来ていた。カーキ色のジャンパーを羽織った背の高い男がミニバンに背中を預けたまま片手を上げる。年は高嶋と同年代だろう。目尻に笑いじわが刻《きざ》まれている。

「おおい、こっちだ」

いとこのテッちゃん、と灯が囁き、高嶋のひじに手を添えて車の方へ向かった。男は灯へ笑いかけ、すぐに高嶋へ片手を差しだした。

「徹夫《てつお》だ。よろしく」

「はい」

「なんだ、男前じゃないか。母さんたちが騒ぐぞ」

「そしたらテッちゃん、助けたげて」

徹夫の車の後部座席には白いうさぎのぬいぐるみがくくりつけられていた。幼児用のおもちゃだろう。揺らすと中の鈴が軽く鳴る。助手席の灯が徹夫へ、今日は玉枝《たまえ》さんは？　と聞く。来てるよ、と徹夫はエンジンをかけながら答えた。

灯の実家は駅から車で十五分ほどの、畑の点在する住宅地にあった。庭ではすでに男たちが音頭をとって杵《きね》を振り上げていた。その周りを数人の子どもたちがお互いを追いかけ回して遊んでいる。臼《うす》のそばに膝をついて餅を返している太鼓腹の男が灯の父親だった。もうすでに酒が入っているらしく、機嫌の良さそうな赤ら顔で迎えてくれる。

「遠くまでよく来てくれたな。荷物を置いて、ひとまずゆっくりしてくれ」

庭から居間へ通じる縁台を上ると、米菓子の匂いによく似た甘い他人の家の匂いがした。こたつで餅を丸めていた四人の中年女が高嶋を見て「アンタ、灯ちゃんのカレシでしょう！」と賑やかな声を上げる。歓声につられて奥の台所にいた女までお玉を持ったまま顔を出した。どうもと挨拶《あいさつ》をする間もなく、さあこっちこっち外寒かったでしょうと中年女の一人に腕をつかまれて強引にこたつへ引っ張り込まれる。よく来たねえ、灯ちゃんたらいくら言っても写メール一つ見せてくれなかったんだよ、お煎餅《せんべい》あるよ、ああお酒がいいか、それで勤めはどこなの？　出身は？　へえ、茨城。あれえ、タカコちゃんちの旦那も茨城じゃなかったっけ。ああそう、あのダメ旦那ね。そういえばリュウジの嫁は今日は来ないの？　こないだアタシが叱《しか》ったから根に持ってるのよ。ねえ透くんはどこで灯と会ったの？　あらやだ合コン！　やーだー、すごいわね。あの子そういうところではどうしてるの？　餅丸め組の中で二番目ぐらいによく喋る、唇の薄い女が灯の母親だった。なんでも灯の母は四人姉妹らしい。四人ともまるで四つ子のようによく似ていて、誰が喋っているのか、どの話題が引き継がれているのか、だんだん分からなくなってくる。さきほどちらりと台所から顔を出した女はまだ二十代だろうという顔立ちをしていたので、もしかしたら徹夫の妻なのかもしれない。

甲高い声の波に飲み込まれ、助けを求めてさりげなく庭を振り返っても、徹夫は餅つきの杵を渡されたところで、灯は父親と何かを話し込んでいた。

手元のコップに次々とビールが注《そそ》がれる。こたつで足を温められているので、簡単に酔いが回りそうだ。とっさに「俺、酒弱いんで、もう」と断ると、女たちがどっと声をそろえて笑った。

「ほら灯ちゃんは男見る目があるって」

「あたりね」

「母親の失敗を見て育つから」

「そりゃあ、よく言って聞かせたもの」

「浮気しないの選ぶわ」

「そうねえ」

なにを言ってるのかさっぱり分からない。困惑が顔に出てしまったらしく、四人姉妹の一人がひらひらと手を揺らしながら言葉を足した。

「いやね、こんなこと今日初めて会った人に言うのもあれなんだけど。まあね、庭にいる男たちの一人がね、前に酒に流されて浮気したのよ。もうね、馬鹿なのよ、商売女にたらしこまれて」

「作り話に騙《だま》されてさ」

「透くんも気をつけなさいよ？　したたかな女はこわいんだから」

「ほら、今日も私らの小言を聞きたくないもんだから、もう酔ってるわ」

嘲笑《ちょうしょう》の埋《うず》み火で光る四つの眼差しの先には、つきおえた餅を持ち上げる灯の父の姿があった。息苦しさに、泡の消え失せたビールをあおる。この場から逃げたい。そう思った次の瞬間、庭へと続くガラス戸が開いて灯が顔を出した。

「次のお餅出来ましたよー。丸めるのお願いします」

「灯、台所のたまちゃん手伝いなさい。冷蔵庫にべったら漬けあるから厚めに切って」

「はーい」

横を通り抜ける間際に、思い出したように灯が付け足す。

「透さん、テッちゃんがそろそろ腕痛いから交代してくれって」

「あ、うん」

「あら、透くん頑張って」

「臼のふちを叩いちゃダメよ。木くずが入るからね」

庭へと逃げて振り返ると、四人の女たちは高嶋のことなど忘れたように笑いながら熱い餅を千切り始めていた。

「ようやく解放されたか」

苦笑いする徹夫に手招きされ、高嶋は餅つき組の方へと加わる。こっちは相変わらず持ち回りで杵を振り下ろしながら、臼のそばに用意した七輪でするめいかを炙《あぶ》って肴《さかな》にしていた。今は灯の父親が杵をとり、おそらくは四姉妹の誰かの夫だろう男が餅の返し手を務めている。規則正しい餅つき音が響く庭で酒のコップとイカの足を受け取り、ようやく一息ついた。

「すごく賑やかですね、女性陣」

「だろう。だからみんな逃げてるんだ。顔見せは終わったんだし、餅をつき終わる頃にはおばさんたちも酔って大人しくなってるから、それまでこっちにいろよ」

高嶋は少し声を落とした。先ほど驚かされた内容が、この家族にとってどんな位置づけのものなのか測っておきたい気持ちがあった。

「もう酔い始めてたのか、浮気の話までされて驚きました」

杵を振るう男の背中をちらりと見やり、セイヤ、ホイ、という餅つきの合いの手に紛《まぎ》れるよう、徹夫はひそめた声で返した。

「全員にする。新しく家族になりそうな相手には全員。この家のカースト制度を、まず初めに教えたいんだろう」

あっけにとられて高嶋は返す言葉を失った。ぺたん、ぺたん、と粘《ねば》りの強い音が沈黙を埋める。冷や酒をあおり、徹夫が続けた。

「もう十五年も前の話だぜ。すごいだろう。あの人たち、昨日のことみたいに言うんだから。忘れる気なんかさらさら無いんだ」

声は純粋な驚きを含んでいた。そうですね、と一つ頷き、高嶋は自分が浮気の話以外、ろくに女たちの会話を覚えていないことに気づいた。耳の内側でまだ姦《かしま》しい鳥が鳴いている気がする。

「でも灯はこの家が好きなようですから、なじんでいきたいです」

「あいつ、そんなこと言ったのか」

「口には出してませんが、よくパンを作ってくれってねだられるんで。たぶん実家でよく作ってたパンなんじゃないかな」

返答が遅れ、不思議に思って顔を向けると、徹夫は驚いた様子で高嶋の顔を見返していた。

「枝豆のパンか」

「知ってるんですか」

徹夫はわずかに眉を寄せた。

「馬鹿だなあ。まだ食ってるのか。俺が学生の頃、冷蔵庫に残ってたつまみの枝豆でよく作ってやったんだ。ちょうど親父さんのごたごたがあった時期で、騒動から逃げてきた灯を下宿先にかくまってやって、それで……」

出会ったときから歯切れのよかった男の物言いが初めて濁《にご》るのを感じ、やっぱり来るんじゃなかったと思った。家の中も、外も、不愉快なことばかりだ。俺はもしかして、彼女の初恋相手の思い出の品を延々《えんえん》と作らされ続けているのだろうか。手の熱で温まった日本酒を軽くあおる。すうっと周囲の音が遠のき、心地よかった。ぐだぐだと続けられる徹夫の戯《ざ》れ言《ごと》も聞こえない。

ひたいを汗で濡らした灯の父親が笑顔で杵を渡してくる。なぜこの男はこれほど伴侶《はんりょ》に見下されながら、へらへらと笑っていられるのだろう。茶番だ、と思う。くちばしの曲がった肉食の鳥のような女たちの会話も、徹夫から明かされたパンの由来も、今日見聞きした何もかもがタチの悪い芝居のようだ。頭の中で、無音のメリーゴーランドが回転する。あの日、確かに運命の相手だと思ったのに、彼女にとって、不幸な境遇《きょうぐう》を救ってくれた運命の男は、この背の高いいとこだったのだろうか。血の近さから、関係を諦めたのだろうか。そんな三流ドラマみたいな安っぽい想像こそ、茶番の最たるものだ。杵越しに伝わる餅の柔らかさがパン生地に似ていて忌々《いまいま》しい。苛立《いらだ》ちをこめて勢いよく杵を振り下ろすと、周囲からおお、と歓声が上がった。

最後につき上げた餅を抱えて男たちは家の中へ入った。徹夫の言う通り、こたつを囲む女たちはほどよく酔って静かになっていた。こたつに同じ高さのテーブルがもう一つ寄せられ、丸めた餅と深皿に盛られた納豆大根や砂糖醤油《じょうゆ》、きな粉などが並べられる。一升瓶《いっしょうびん》がずらりとテーブルの脚元へ用意され、灯と玉枝の手によって山のような筑前煮《ちくぜんに》とお新香が台所から運び込まれる。さらに、四姉妹の一人が席を立ち、商売で扱っているのだという肉厚のアジやイカを次々と揚《あ》げていった。きつね色の衣をまとったフライにすだちをしぼって塩を振ると、夢のようにうまい。子どもたちはそれぞれの親に絡《から》みつき、年の若い順に遊び疲れてうたた寝を始める。酒を楽しむ赤ら顔の大人たち。幸福な、美しい景色だ。灯の父親だって屈託《くったく》なく贔屓《ひいき》の球団の快進撃について語っている。

それなのに、意識をし始めるともう薄い薄い汚水の臭いが鼻から消えない。座の人間の強さ弱さ、発言権、話題のタブー、さりげない嘲弄《ちょうろう》と、時折テーブルへ落ちる倦《う》んだ目。灯は賑やかな輪の外側でにこにこと笑い続けていた。

したたかに酔った夜更《よふ》け、来年もよろしく、と挨拶を交わしてタクシーを呼び、灯の実家を出た。終電に揺られ、お互いを支え合うようにして自宅のマンションに帰ったのは午前一時過ぎだった。二人とも疲れ果て、風呂も入らずにしばらくの間、ソファに腰かけてぼうっとしていた。

「もう、パン、作らない」

放り出すように言うと、灯はうつむいた姿勢のまま、だらだらと涙をこぼした。

「そんなこと言わないで」

「いやだよ。誰かの代わりにされるのはまっぴらだ。本家本元の徹夫くんに作ってもらえばいいだろう」

「あれがなきゃ死んじゃう」

死などと軽々と持ち出す灯の幼さに苛立って口を閉じる。灯は細い呼吸を繰り返し、ぽつりぽつりと続けた。

「透さんが、きらいそうな場所に連れて行って、ごめんなさい。一人で行きたくなかったの」

「俺が嫌がるって分かってて連れて行ったのか」

「だって、家族になるかもしれないから」

「家族」

家族とはなんだろう。生きて溜めた汚泥を分けあうことが義務なのか。高嶋には、灯の言葉には芯がなく、ただの定型句を何も考えずになぞっているように感じられた。

「あのパンは、なんなの」

沈黙は長かった。灯の下唇に歯のあとが残った。

「子どもの頃、テッちゃんに作ってもらった」

「それは聞いた。実家を出ていた時期があったって」

灯は膝の先へ目を落としたまま続けた。

「テッちゃんはまだ大学生で、だから、私を支えきれなくなったんだと思う。はじめはかわいそうだって言って、そばで話を聞いたり、ごはんを作ってくれたり、お母さんから携帯にかかってくる電話を代わりにとってくれたりした。けどだんだん、お金だけ置いて、あまり部屋に帰ってこないようになった」

遠くで電車の音が聞こえる。車庫へと向かっているのだろうか。静寂を刻むように、かたんことん、かたんことん、と高く歌う。

「テッちゃんはその頃、パン屋でバイトしてた。たまに帰ってくると、ごめんなって謝りながらあのパンをたくさん焼いてくれたの。初めて泊めてもらった日、私が自宅でパンが焼けるってことを珍しがって、喜んだから」

食べてるとなんだか安心するの、と灯は続けた。

「足が、しっかりと地面に着く感じ。世の中ってこういうものだって、ちゃんと思い出せて、なにか嫌なことがあってもあんまり悲しくないの」

「冷凍した？」

「え？」

「その頃も、パンを」

灯は不思議そうに首を傾げ、した、と一つ頷いた。

古い傷をこねて安堵《あんど》するのは、彼女の母親と同じ癖なのだろうか。もっとも痛かった瞬間を反芻《はんすう》し続け、忘れない。忘れられないのかもしれない。頭の中で戦いが終わらない。灯の実家で感じた汚水の臭いが鼻先をよぎる。いやで、いたたまれなくて、仕方がなかった臭い。

少し考えさせてくれと高嶋は結び、ソファから立ち上がった。

年明けの初出勤日、朝礼で社長の口から、三月に始動する新しい事業部の名称が発表された。遊戯機械事業部。過去に何度か座席が上下に高速移動するいわゆる落ちもの系の絶叫マシンの注文を受けたことはあるが、今後はそれに加えてティーカップ、メリーゴーランド、観覧車など回転型アトラクションの製造に手を広げていくらしい。ゆくゆくは一つのテーマパークすべての遊戯機械をうちで作れるようにする、と気合いの入った抱負にフロアのそこかしこから拍手が湧《わ》いた。

予想通り、それから二週間後の内示日に設計部の上司から呼び出された。新しい事業部の、回転型アトラクションの設計室に入って欲しいとのことだった。やりがいがあります、嬉しいです、と定型通りに微笑《ほほえ》んで高嶋は頭を下げた。岡部に指摘された通り、俺はずっとぼうっとしてきたのだ、と思う。大きな建物に関わることがなんであんなに嬉しかったのか、それが結局自分にとってなんだったのか、よく分からないまま夢の時間は過ぎていった。

帰り道、小雨の降る中、久しぶりにかつて手がけた渋谷の演劇ホールに足を向けた。入り口の案内板によると、今は「オズの魔法使い」が上映されているらしい。金曜の夜であるせいか、ホールの一階に設《もう》けられたフレンチレストランは外から見ても盛況だった。若い男女や家族連れがテーブルを囲んで笑っている。近くのカフェの二階席から、ライトに照らされた円形の外観を眺めた。

大きいもの、美しいもの、名前だけで誰もが分かってくれるもの。そういうものに関わっていれば、苦手な事柄を一つ免除される気でいたのだろうか。岡部との会話の際、とっさにダムと口にしたが、もしもダムを作り終えていたなら、俺はなんと答えただろう。

自宅へ戻ると、珍しく窓の明かりが点いていた。そういえば灯は初売りのセール期間中に休日出勤をした分、振り替えで休みを取ると言っていた。扉を開け、室内へただいまと声をかける。

居間で携帯を耳に当てていた灯がこちらを振り返り、おかえり、と無音で唇を動かす。「だいじょうぶ、それで、横浜《よこはま》店には在庫あったの?」と回線の向こうの相手へ返しながら腰を浮かせ、彼女は洗面所の方へと移動した。高嶋は雨で湿ったスーツをハンガーへ吊るし、乾いたバスタオルに水気を吸い取らせていった。耳のふちを、ちらちらと灯の声がくすぐる。

仕事の連絡だから尚更なのかもしれないが、灯の声の響きは、いつもこの部屋で高嶋と交わしているものとはだいぶ違っていた。普段の声が丸石を一つ一つ丁《てい》寧《ねい》に並べていくものだとしたら、今の声はころころと石を一定方向へ転がし、相手にもその速度を求めるものだった。

通話を終え、そばへ寄ってきた灯は「おかえりなさい」と改めて口にして両腕を高嶋の腰へ回した。小柄な彼女はそうすると高嶋の顎《あご》の下にすぽりと頭が納まる。顎をつむじに当ててぐりぐりと押しつけたら、いたいようういじめるようと笑って、恋人の胸を平手で叩いた。

「体つめたいね。外寒かった？」

問いかけに頷きながら、高嶋はふと、相性がよかったわけじゃないんだ、と気づいた。この子は、まったく知らないところで、俺の速度に合わせてくれていたのだ。

「なあ、なんで俺がお前の実家をきらいそうって思ったの」

灯はまばたきを繰り返し、ゆるく首を傾げた。

「透さん、早口でしゃべる人、苦手でしょう。うちの親族、みんな早口だから」

「どうして分かった」

「分かるよ、そんなの」

おかしそうに笑って、灯は高嶋の頭に触れた。私ね、透さんのゆっくりしたしゃべり方、好き。そう言って、髪の根元をさらりと撫《な》でる。

真夜中、窓を開けるとまだ雨は降り続いていた。涼しく潤《うる》んだ空気が熱のこもった和室の内部をぐるりとめぐり、洗う。シーツにうつぶせになった灯の、そばかすの散った背中に毛布をかけようと腕を浮かせたところで、高嶋は彼女が起きていることに気づいた。街の灯を目に映して、ゆっくりとまばたきをしている。頬に人差し指を落とすと、光る目がこちらをむいた。半開きになっていた唇に指先をもぐらせる。灯は眠たいのか、特に反応を返さない。歯が爪に当たり、それをそうっと押し上げて温かくざらつく舌へ指の腹を沈めた。

何を見て、何を考え、何を食べてきたのだろう。ゆるゆると舌を撫で、唾液《だえき》に濡れた指を抜く。うつぶせに眠り直した灯の頭に一度手のひらを置いて、台所へ向かった。引き出しの奥から強力粉を取りだす。もうレシピを見なくても、手順はすべて覚えている。

焼いている最中に灯が目を覚ました。下着を身につけ、ふらふらしながらトイレへ立ち、用を済ませてから不思議そうに電気のついた台所と、ソファに座る高嶋を交互に見つめる。雑誌を閉じ、高嶋は灯に声をかけた。

「パン、もうすぐ焼けるから。食べたかったら食べて」

灯は答えず、かかしのようにしばらく立ったままでいた。やがて動きだし、橙《だいだい》色の光を放つオーブンレンジの中を覗き、また少しぼうっとしてから高嶋の隣にすとんと腰を下ろす。

焼き上がりを告げるビープ音が響き、高嶋はソファを立った。機械の扉を開けば、ほどよく焦《こ》げたチーズの香りがあふれる。小皿にのせて、焼きたてを灯へ差しだした。灯はパンの皿を両手で受け取り、少しおびえた目をして自分の恋人を見返した。

「俺は、分かってやれないけど、食って、少しでも楽になるなら、こんなのいくらだって作ってやる」

灯の指がパンをつかんだ。口へと運び、大きく齧りとる。生地からあふれた湯気が彼女の頬をつつむ。高嶋はそれを見たまま続けた。

「それでも俺は、これを、かなしい食べものだって思う。だからいつかお前が、どん底だけを信じるんでなく、他の、もっと幸せなものに確かさを感じて、このパンを食わずにやっていける日がくればいいって、願うよ」

頷く灯の鼻先からぼろぼろと水の玉がこぼれた。彼女はパンをお代わりした。三つのパンを口に詰め終えて高嶋の顔を仰ぎ、いいよ、と許されると残った五つを冷凍した。

寝床に戻り、羽布団を肩へ引き上げる。こんど俺、メリーゴーランドを作るかもしれない、と告げると、灯は目を丸くして「いいなあ」と月が光るように微笑んだ。その顔を見ながら、やっぱり作るならこういうものの方がいい、と思う。

異動後の初仕事は、動物園に併設された小さな遊園地の回転型アトラクションの改修工事だった。直径十五メートルの円形に配置された、飛行機の形をした八つの座席が音楽に合わせてぐるぐると回る。今までは同じ高さをただ淡々と回り続けるだけだったが、中心の機構を入れ替えて八つの座席が回転の際、客の手元のレバーで上下に移動できるように設計し直した。続いてやってきたのは、デパートの屋上にある子ども向けの汽車型ライドの改修依頼。一から遊具を新設する仕事はなかなか入らなかった。冬の終わり、地方にオープンする遊園地のメリーゴーランドを新設する話があったものの、入札であっけなく敗れた。

「なかなか、なんとも」

「そっかあ」

「あ、あれ面白いな。外周と真ん中で床が逆回転してる。余計に目が回りそうだ」

パステルカラーのティーカップが目の前で複雑な円運動を繰り返す。カップ内のハンドルを極限まで回したのだろう子どもたちが独楽《こま》のように回転しながらきゃっきゃと笑う。高嶋はそばの手すりにもたれたまま、ティーカップ施設の構造を持参したノートへ書き写した。

異動してからは商品研究のため、休みの日に遊園地をめぐることが多くなった。都内のみならず近隣県へも足を延ばしてアトラクションを一つ一つ見て回る。休みが被ると、なぜか灯もそれについてきた。構造を書き留めたり、場合によっては何度も同じアトラクションに乗ったりもするため、「ついてきても退屈すると思うよ」とは伝えたものの、彼女は「それでいい」とあっさり頷く。実際、遊具を前に細《こま》かなメモを取る高嶋のそばで、灯は不満げな様子もなく売店で小物を買ったり写真を撮ったりと、言葉少なに周囲の華やかさを楽しんでいた。

メモを取り終え、高嶋はノートを閉じた。

「よし、乗ってみようか」

「あの花のついてるカップがいいな」

「じゃあ席取りで勝たないと」

目当てのカップに乗り込んで間もなく、運転開始のベルが鳴った。回転と共に周囲の色彩が溶け出し、ゆるりと現実感が遠ざかる。円盤《えんばん》形のハンドルを大きく回すと、髪を押さえた灯がやめてやめてと笑い声を上げた。

観覧車やファミリー向けライドはもちろん、いわゆる絶叫マシンやジェットコースターなどにも灯は鼻歌まじりで付き合う。けれどなぜだか、メリーゴーランドの前に行くと、乗るよりもそばのベンチで眺めている方を選んだ。

「好きなら乗ればいいだろう」

「好きすぎるとね、よく分かんなくなっちゃうの」

意味が分からず、せめてなにか読み取れるものはないかと横顔を見つめる。灯は少し間を置いて、唇の端を柔らかく崩《くず》した。

「そうっと黙る感じが、透さんだね」

「そうかな」

「あなたほど、まじめに誰かの話を聞く人に、会ったことない」

こういうことがあるんだなあ、と高嶋は思う。ゆっくりと歩いてきた道のかたわらに、「ああ俺のためのものだ。俺を待っていてくれたんだ」というものが立っている。それは本かもしれないし音楽かもしれない。技術かもしれない。学問かもしれない。メリーゴーランドかもしれない。高嶋にとっては、人の形をしていた。

あのね、と灯は言葉を探りつつ続けた。

「メリーゴーランドって賑やかできれいじゃない」

「うん」

「だから、すごく好きなんだけど、木馬は、偽物の馬じゃないですか」

「そうだね」

「乗って、ああやっぱり偽物だって思ったら、さみしい。それよりはそばで、きれいなものとして眺めているほうが、いい、のかな、たぶん」

美しいメロディをばらまきながら馬たちがゆっくりと回り出す。この遊園地のメリーゴーランドは戦前にヨーロッパから輸入された古いもので、木馬が上下したり回転速度が変わったりなどの小技はないものの、今では珍しいアール・ヌーヴォー様式の繊細《せんさい》な装飾がとても美しい。馬たちのたてがみはまるで生きているかのように波打ち、藤色の馬車の屋根には天使が舞い、天井画に描かれた女神たちが優しい眼差しで行列を見守っている。

もちろん、装置の稼働音はするし、回転中に乗車案内のアナウンスは流れるし、馬たちはまたがったら硬いだろう。それでも、このメリーゴーランドの製造者たちは、この世にはない楽園を作ろうと思ったのだ。高嶋は口を開いた。

「本物だったら乗る？　馬も、天使も、このきらきらした空間がぜんぶ本物だったら」

「……乗っちゃう」

「じゃあ、乗った方がいい。作った人間は、灯みたいに、こういうものに焦がれる人のために作ったんだ。ぜんぶ、望んだものをなにもかも、ってわけにはいかないだろうけど、きっとなにかいいことがある。それを信じてもいいと思う」

灯はしばらく木馬を見つめ、考えてみる、と小さく答えた。

彼女が枝豆チーズパンをねだる頻度は、週に一度がいつのまにか二週に一度になり、桜が咲く頃には月に一度になった。それでも、完全には無くならない。高嶋が忘れかけた頃にすっと袖《そで》を引き、あれ食べたいな、と小さな声でねだる。特に、月末になると無性に食べたくなるようだった。高嶋はそのパンについて、特別になにか意見するのを止めた。求められたら黙々と作り、焼いて、差しだす。灯もまた、明日の話をしながら穏やかにそのパンを頬ばった。

地方の老舗遊園地から「もう十年以上前に撤去したメリーゴーランドを昨今のレトロブームに乗って再設置したい」という注文が入ったのはゴールデンウィークが明けて間もない日のことだった。なんとか新設工事を取りたいと奮闘していた社長がコネをたぐって手に入れた案件だ。かつてのメリーゴーランドの外観写真を参考にしつつ、遊園地のオーナーが口にした「うちはどうせ、ラブラブのカップルとかこないから。子どもやジジババにウケのいい、あんまり派手じゃなく、洗練されているわけでもなく、子どもの頃、誕生日によく食べた不二家《ふじや》のイチゴのショートケーキみたいな、なつかしいの作ってよ。回転もゆっくりめでね」という要望を軸に企画を練った。

単純でなつかしいもの、親しいもの、子どもとお年寄りが気軽に手をつないで乗れるもの。呪文のように唱《とな》えてスタッフで膝を突き合わせる。木馬や外観のデザイン、回転の構造、馬が跳ねるタイミングや、昼夜で照明をどう変えるか。お年寄りが歩きやすいよう床に段差を作らないこと。細かな決定事項を積み重ねて、この世にないものへ近づけていく。

四ヶ月後、完成したメリーゴーランドに高嶋は灯を連れて行った。紅葉が散りつつある、肌寒い日だった。灯は肩にウール製のタータンチェックのストールを巻いていた。

赤や緑の鞍をつけた馬たちがいつか音楽の授業で聴いたことがあるようなクラシックに合わせて走り出す。完成したばかりということもあって、メリーゴーランドの周りには親子連れの列が出来ていた。そばのベンチに並んで腰かけ、二人はしばらくのあいだ美しい馬と、それにまたがる客の笑顔が回るのを黙って眺めた。電飾が輝きを強め、白馬の背中が乳色に光る。誰だって馬が本物でないことは分かっている。それでも、照れまじりの微笑は花畑のようだ。

「乗ってみない?」

うながすと、紙コップのココアをすすっていた灯はむずがゆそうに口元を動かした。

「照れちゃう」

「俺なんか動作確認で百回ぐらい乗ったけど、何回乗ってもけっこう楽しかったよ」

飲み終えたコップをくず入れに放り、灯の冷えた手を取って列へ並ぶ。十五分ほどで順番が回り、灯は少し迷って桃色の鞍がついた白馬を、高嶋はその隣の黒馬を選んでまたがった。

「その白いの、製造の奴らにホワイトベッセルって呼ばれてた」

「ええ、なにそれ」

「競馬《けいば》好きなやつがいるんだ」

「やっと乗ったんだから、夢を壊さないでよ！」

彼女が噴き出すように笑って間もなく、流れ始めたメロディに馬たちは息を吹き返す。

目玉焼きを一枚、丁寧に焼くぐらいの時間をかけて、きらびやかな夢の旅路は終わった。楽しかった、と息を切らせる灯の頰が染まっている。汗ばんで火照《ほて》った手を引いて台座から降りれば、背後で次の回のメロディが響き始めた。

帰りはスーパーに立ち寄って食材を買い込むことになっている。車へ戻り、卵あったっけ、葱《ねぎ》買わなきゃ、とそれぞれに冷蔵庫の中身を思い出して口にする最中に、高嶋は常備している冷凍枝豆がそろそろ切れることを思い出した。あとあれ、と言いかけたところで、一足早く灯が「パン」と呟いた。

「もう、だいじょうぶかもしれない」

顔を向けると、彼女は笑っていた。持ち上げられた口角がほんの一瞬、ふるりとひくつく。それに、気づかないふりをして頷いた。

「そうか」

「代わりに、さっきのメリーゴーランドみたいなパンが食べたい」

「すごい無茶ぶりだな！　苺《いちご》とか入れればいいのか？」

「スーパーで一緒に考えて」

分かった、と頷いて高嶋は車のエンジンをかけた。アクセルを踏み、それまでの景色を置いていく。夢の馬のいななきが、遠くで聞こえたような気がした。

運命の湯

瀬尾まいこ

瀬尾まいこ（せお・まいこ）

2001年「卵の緒」で第７回坊っちゃん文学賞大賞を受賞し、デビュー。心に染みわたる柔らかな作風が多くの読者を魅了している。著書に『幸福な食卓』『見えない誰かと』（小社刊）『あと少し、もう少し』などがある。

1

生を受けて二十年と半年。この名前のせいで散々苦労してきた。そのはずなのに、この名前のせいで何か欠落している気がしてしまう。名前がどれくらい運命を動かす力があるのかはわからないけど、めぐり会うべき人にめぐり会えていない。そう感じてしまう。探さなくては。大恋愛にいたらなくても、せめてその人に一目会わなくては。ずっとどこかでそう思ってきた。

ジュリエット。

私の名前だ。樹理絵都でも寿利恵斗でもなく、カタカナでジュリエット。ずいぶん思い切った名前だけど、私はハーフでもクォーターでもないし、両親はヤンキーでもアーティストでもない。郵便局に勤める父親と専業主婦の母親の元、私は生まれた。そして、冗談でも嫌がらせでもなく、この名前がつけられた。

どうしてこんな妙な名前がついたかというと、両親が初めてのデートで見た映画のせいだ。父親と母親が最初のデートで見に行った映画。それが、「ロミオとジュリエット」だった。

「ロミオとジュリエット」を見た若かりしころの母親は、その映画に大感動した。美しく気品あふれるオリビア・ハッセーに強くあこがれ、障害や反対を乗り越え愛を貫《つらぬ》く二人の若者に涙を流した。そして、ジュリエットのように美しくなって、すばらしい恋愛をしてほしい。と私にその名前をつけたのだ。私の苗字《みょうじ》は谷岡《たにおか》という。平凡なこの苗字に、ジュリエットというゴージャスな名前を迷うことなく組み合わせてしまうほど、母親は「ロミオとジュリエット」に感銘を受けたのだ。

中学生の時、私は初めてその映画を見た。自分の名前の由来となった映画がどんなものなのか、自分の目で確かめてみたかった。

驚いたことに、「ロミオとジュリエット」はとても悲しい映画だった。ジュリエットは美しかったけど決して幸せではなかったし、ロミオと大恋愛に落ちたけど二人の恋はかなわなかった。素晴らしい恋をするようにとジュリエットと名づけられたはずなのに、これでは幸せになんかなれない。

母親にそのことを告げると、「そうだっけ。映画館が暗くって、最後のほうはうとうと眠ってしまってたから、筋があやふやなのよね」と流されてしまった。大感動した映画から名づけたのではないのか。なんともいい加減なものだ。

しかし、私が不服を申し立てるたびに、両親は、

「亀子《かめこ》や鶴子《つるこ》と名づけたのなら文句を言われてもわかるけど、ジュリエットなんていうおしゃれな名前をつけてどうして文句を言われるのかわからない」

と言う。だけど、私はこの名前のせいでいやな目にたっぷりあってきた。ジュリエットという名前は確かにおしゃれかもしれない。でも、その恩恵を受けたのは、幼稚園のころまでだ。

小さい子どもたちは外国テイストあふれる名前を、「かわいいね」とうらやましがってくれた。このころの私は、この名前のおかげで、お姫様ごっこをする時は主役になれたし、男の子の人気もあった。

けれども、そんな幸せな日々はロミオとジュリエットの恋と同じように長くは続かなかった。小学校に入るころには、周《まわ》りの子どもたちも私自身も、ジュリエットという名前が変だということに気づきはじめた。しかも、この華やかな名前は、私にちっとも似合っていなかった。私は鼻は低いし目はたれている。どうひいき目に見てもジュリエットではない。

あまりにも不似合いな名前のせいで、小学校から中学校は私にとって暗黒の時代となった。

クラス替えで自己紹介するたび、みんな私の名前を聞いてくすくす笑った。違う学年の生徒まで私を覗きに来ては、「なんだ。ジュリエットっていうからどんな顔してるのかと思ったら、普通の日本人じゃん」と勝手にがっかりした。亀子や鶴子だったらどんなによかっただろうと、何度思ったことだろうか。中学校では教科ごとに担当が替わるせいで、教師にさえ、「えっと……、あれ、谷岡さん、下の名前はなんて読むのかな」などと聞かれた。難しい漢字ではなくカタカナなのだからそのまま読めばいいのだけど、初授業の教師はよく戸惑っていた。私の容姿のどの部分からも、ジュリエットの空気がにじみ出ていないからだ。次第に、私は自分から名前を明かさないようになっていった。秘密にできるならば、できるかぎり隠した。人にからかわれないように、笑われないように、寡黙《かもく》に静かに毎日を過ごす。それが小学校、中学校時代の私だった。

でも、不幸なことに名前はいつでもどこでもついて回る。名前を隠してじっとしていても、笑われることはなかなか避けられない。一度聞いたら忘れようにも忘れられないジュリエットという名前の威力は、想像以上だった。

もう開き直るしかない。高校入学を機に、私はそう思い立った。隠そうとするから、いじられるのだ。照れくさそうにしているから、笑われるのだ。どうあがいてもジュリエットというふざけた名前を背負って生きていかなくてはいけない。それならば、名前を逆手《さかて》にとるしかない。相手から先に名前に突っ込まれてはだめだ。そう気づいた私は、自分から進んで名前を公表しまくった。

「見てのとおり、私、思いっきり日本人なんですけど、ジュリエットっていうんです。谷岡ジュリエット。何かの間違いでこんな名前になってしまいました。どこがジュリエットなんだって感じですけど、まあ、よろしく」

こんな具合に言うと、みんな興味を持ってくれた。

自分がおもしろおかしくすれば、ジュリエットという名前は意外に使えた。みんなが名前についていろいろ聞きたがるし、「ロミオとジュリエット」から名づけられたと話すと、感心してくれる。

大学に入るころには、私はこの妙な名前とそれなりに折り合いをつけられるようになっていた。名前のせいで澄ましていると笑われる。だけど、名前のおかげでみんなと親しくなるきっかけは作れる。いつかは改名するつもりでいるけど、この名前となんとか一緒に進んでいけるようになった。

そして、名前がしっくりしだした今、ようやく「ロミオ」の存在が気になりだしたのだ。「ロミオとジュリエット」あの鮮烈な物語のせいで、運命を感じずにはいられない。どうしてもジュリエットはロミオと二人で一つなのだと思ってしまう。それに、母さんは「ロミオとジュリエット」のように大恋愛をしてほしいと祈って、この名前をつけてくれた。たかが名前だ。けれど、ジュリエットという名前を持つ私は、どこかにロミオがいるような気がしてならないのだ。

「何それ？」

「だからさ、こうしている今もどこかにいるんじゃないのかなあって、最近やたらと思うようになったんだよね」

水曜日は三時間目までしか授業がない。まだ太陽が輝いている時に大学を出られるのは、自由で贅沢《ぜいたく》な気がする。私は香夏子《かなこ》と一緒に、駅までの道をのんびりと歩いた。

私たちが通う大学は古い町にある。こぢんまりした大学だけど、駅までの道は昔ながらの店が続いていて風情《ふぜい》がある。パン屋にうどん屋に和菓子屋と、おいしい店も多い。十二月に入った町は、木々は枯れ冷たい風が吹いているけど、店が並んでいるせいでこの辺りは少しも寂しい感じがしない。

「それって、ロミオってやつ？」

「そうそう。今まで自分の名前のことばかり頭がいっぱいで、片割れのロミオのことを忘れてたのよね」

「へえ。ジュリがそんなロマンチックなことを考えてたなんて意外。でも、そうだよね。せっかくジュリエットなんてたいそうな名前なんだから、ロミオを探さないともったいないよね」

香夏子をはじめ、友達はたいてい私のことをジュリと呼ぶ。親でさえジュリエットは長すぎるからと、ジュリと略している。私のことをフルネームで呼ぶ人はめったにいない。

「でしょう。どこかにロミオがいて、私と同じようにジュリエットを探しているんじゃないかって気がするんだ。やっぱりロミオとジュリエットだもん。出会うべきだよね」

「うわあ。ドラマみたい！　生まれながらにして、恋に落ちる運命が与えられているのね。よし探そう、探そう」

香夏子は、人のことでも自分のことのようにすぐに乗り気になる。香夏子とは大学に入ってすぐに仲良くなった。私の名前を聞くや否《いな》や、嬉々として寄ってきたのだ。飽き性でミーハーだけど、面倒見のいい子だ。

「探そうって、香夏子、何かいい手ある？」

「そんなの簡単じゃない。ロミオを探せばいいだけでしょう？　運命の人を探すのは大変だけど、もう名前がわかってるんだよ。お茶の子さいさいだよ」

「そんなすぐに見つかるかなあ。なんてったって、ロミオだよ、ロミオ。そんな名前の人、そうそういないよ」

「大丈夫だって。ジュリエットなんて人が現実にいるんだよ。ロミオのほうが、よっぽど普通だよ。森本《もりもと》ロミオ、田中《たなか》ロミオ。ね、違和感ないじゃん。意外にごろごろいるかも」

香夏子は失礼なことをさらりと言った。

「そう言われれば、そうかもしれないけど。でも、どうやって探せばいいかな」

「ネットよ、ネット」

「ネット？」

「そう。ジュリは古い人間だから知らないだろうけど、インターネットを使えばたいていのことがすぐにわかるんだよ」

「なるほど」

私がパソコンを買ったのは、つい最近のことだ。そういうものが便利なのはわかるけど、どうもややこしい。機械の使い方を覚えるのが面倒で、ついつい敬遠してしまう。

「コミュニティサイトっていうのがあって、いろんな人がたくさん情報を交換しあってるんだ。ロミオを探してるってメッセージを載せれば、すぐに情報が入るよ」

香夏子はそう言って、自分がよく使うというサイトのアドレスを教えてくれた。

「ありがとう。やってみるよ。あ、今日も入っていくから」

私は駅近くの銭湯の前で足を止めた。

「えー。昨日もジュリ、行ったじゃない」

「だって寒いんだもん」

「好きだねえ。今時女子大生が、銭湯なんか行かないよ」

「アパートのお風呂よりずっと気持ちいいんだって。香夏子も入っていけばいいのに」

「いやよ。じゃあ、明日ね」

香夏子は顔をしかめると、さっさと手を振った。

「わかった。じゃあね」

私は手を振り返すと、みちのく湯の重い扉をがらがらと開けた。

みちのく湯は、大学の最寄り駅の前にある小さな銭湯だ。大学に入学してから二年間、私は週に二、三度、学校帰りにここに寄っている。温泉が出るわけではないけど、大きな浴槽に入るのは気持ちがいい。一人で暮らしているアパートの小さい湯船とはわけが違う。三百円払えばゆったり温まることができる、お気に入りの場所だ。

「こんにちは」

「ああ、こんにちは」

番台には分厚い眼鏡をかけたおじいさんが座っていて、めったにお客など来ないからいつものんきに本を読んでいる。このおじいさん一人で切り盛りしているようで、ほかの人は見たことがない。

おじいさんは、頭の毛も薄く背中も曲がっていてずいぶん年を取っている。私のおじいちゃんよりも年寄りのはずだ。だけど、肌はつやつやしていて、そのせいかどことなく上品な感じがする。おじいさんの顔を見ていると、お風呂に入ることは身体にいいのだとわかる。

「なんだかおじょうちゃん、今日は血色が悪いね。身体が冷えてるんでしょう。ゆっくりつからないと、風邪を引きますよ」

私が入浴料の三百円を支払うと、おじいさんが言った。

「そっか。そうします」

「そうしてください。どうぞごゆっくり」

おじいさんはよく何らかのアドバイスをくれる。凝《こ》っているから肩をしっかり温めなさいとか、手足をほぐさないとしもやけになりますよとか。そして、その言葉はいつも的を射ている。おじいさんのアドバイスどおりにお湯につかれば、身体がすっきりする。もちろん、私は病弱なわけではないから、調子のいい時のほうが多い。そういう時、おじいさんは「ごゆるりと」と言ってくれる。その言葉を聞くと、本当にゆったりしてしまえる。

女湯の中には、私のほかには誰もいなかった。寒い時期だというのに、いつ来てもみちのく湯はすいている。ゆっくり入れてそれはそれで嬉しいのだけど、こんなので経営が成り立つのかと不安になってしまう。

やっぱり今は、銭湯を利用する人は少ないのだろうか。みちのく湯は大きめの浴槽があるだけで何の特徴もない。脱衣所も湯船もきちんと清潔にされているけど、どうしたって古い建物だ。そんな銭湯にわざわざ来ようと思う人は、いないのかもしれない。

「もったいないなあ」

私は一人でそうつぶやきながら、湯船にちゃぽんとつかった。

大きな湯船に入ると、身体が冷えていたのがわかる。今年は暖冬で寒さもいまいちピリッとしないけど、十二月の風は確実に冷たい。手足を思いっきり伸ばすと、天井が高い浴場にお湯が動く音が響く。湯気に包まれながら、水の音を聞くのは心地いい。バイトの時間を増やしても、洋服を買うお金を削《けず》っても、お風呂に入りたい。そう思う。

おじいさんの言葉どおり、ゆっくりと身体を温めて店を出ようとすると、

「あったまりましたか」

とおじいさんに声をかけられた。のんびりとした声。お風呂と同じように気持ちがよくなる。

「はい」

私は身体からほかほかと湯気を上げながら、しっかりとうなずいた。

2

その晩、香夏子の提案どおり、私はインターネットでロミオを探すことにし

た。

　ネットにつないで、香夏子に教えられたサイトに行く。画面には「日本最大！三十五万人が利用するみんなのコミュニティサイト」と書かれている。これなら信用できそうだ。日本最大なのだから、ロミオだって見つかるだろう。

　私は早速、サイトの掲示板にメッセージを書き込んだ。

「ロミオさんを探しています。ロミオという名前の方、もしくはロミオという名前の方をご存じの方。連絡をください」

　これでは行方不明者探しだ。私は自分で打った文章を見て、苦笑した。サイトの中はピンク色でかわいらしく統一されていて、こんな硬《かた》いメッセージでは浮いてしまう。まじめに打ったのが、逆に怪しく見える。掲示板を見るのは、きっと若い人が多い。もっと軽くてさわやかにしなくては。私は再度メッセージを打ちなおした。

「私はジュリエットといいます。ごく普通の日本人なのですが、なんとこれは本当の名前です。『ロミオとジュリエット』の映画からつけられました。せっかくこんな名前を持っているので、ロミオという名前の人と会ってみたいと思っています。ロミオさん、もしくはロミオという名前の人を知ってる人は、ぜひメッセージをください」

私の文才ではこんなものだろう。日本最大のコミュニティサイトなのだから、一人ぐらいロミオが見つかるはずだ。私はメッセージを載せると、わくわくしながら眠りについた。

ところが、翌朝、驚くべき結果が私を待っていた。

ロミオの情報が気になって、いつもより少し早く目がさめた私は、布団から出るとすぐにパソコンを立ち上げて昨日のサイトにつないだ。メッセージを載せてから半日もたっていないけど、運よくロミオの目に留まり、返信が来ているかもしれない。そんな甘いことを考えながら見てみると、なんと私のメッセージに対する返信が、八十七件も来ていたのだ。

やっぱりインターネットはすばらしい情報力を持っている。今までロミオなんて人、見たことも聞いたこともなかったのに、たった一晩でこれだけの情報が集まるなんて。本当にビッグなコミュニティサイトだったのだ。私は予想外の結果にどきどきしながら、一件目の返信を開いてみた。

「すごい！　ジュリエットちゃんっていうんだ。かわいい名前だね。僕は、二十六歳の会社員だよ。友達には、時々トム・クルーズに似てるって言われるんだ。スポーツは何でも得意。趣味はドライブかな。そうそう、最近新車を買ったんだよね。その車でジュリエットといろんなところに行ってみたいなあ。真也《しんや》」

すごく簡単な文章なのに意味がわからず、私は三回も読み返した。トム・クルーズは出てきたけど、ロミオはどこにも出てこない。しかも、名前は真也だ。スポーツが得意なことも新車を買ったことも、ロミオとは関係ない。この人は何を勘違いしたのだろうか。私は首をかしげたまま、次のメッセージを開いた。

「俺、ロミオ！　学生だよ!!　自分で言うのもなんだけど、超イケメンなんだ!!　みんなにモデルみたいって、言われる！　写真もつけといたから見てね!!　性格は優しくて男らしいって、よく言われるよ！！！　気に入ったら返信してね!!　その時はジュリエットの写真も送ってちょうだい!!」

びっくりマークが多くて読むのにてこずったけど、どこからどう見ても嘘くさいメッセージだった。ロミオと名乗っている分、さっきの人よりはましなのかもしれない。一応、私のメッセージの趣旨は理解してくれている。だけど、これは絶対ロミオではない。添付された写真には、メッセージと同じ軽薄そうなにやけた若者が写っている。少なくとも私の探しているロミオとは違う。私は少しくらくらしながら次のメッセージに挑戦したけど、三件目以降もほぼ同じ内容だった。中には電話番号や細《こま》かなプロフィールまでつけられたものや、「結婚を前提にお付き合いしましょう」という真剣なものまであった。でも、本物のロミオはどこにもいなかった。私は四十件目でとうとうメッセージに目を通すことにギブアップした。

世の中には出会いを求めている人が本当にたくさんいるのだ。わかったのはそれだけで、ロミオについては何一つわからなかった。

「そっか。だめだったのか」

「もう朝から参ったよ。気持ち悪い偽ロミオだらけなんだもん」

私は一番後ろの席に陣取って、香夏子にロミオ探しの件を報告した。

古典演習の授業は履修している学生が多く、大教室はほぼ満席だ。だけど、みんなほとんど教授の話など聞いていない。漫画を読んだりおしゃべりしたり、好き勝手なことをしている。教授が気の毒にもなるけど、年老いた先生がぼそぼそ古文について話すのを、九十分じっと聞くのは至難の業《わざ》だ。

「外国に行けばロミオなんかわんさかいそうだけど、日本でロミオを探すのは難しいのかなあ」

昨日はすぐに見つかると豪語していたくせに、香夏子はそうため息をついた。

「どこかにちゃんといるはずなんだけど」

私はだだっ広い教室を見渡した。

教室には二百名近い学生がいて、その半数は男子だ。それでも、この中にはロミオはいない。今までだってジュリエットという名前を掲《かか》げてたくさんの人と出会ってきたけど、ロミオとは出会わなかった。運命の人とめぐり会うのは、やっぱり困難なことなのだろうか。

「名前なんてただの呼び名だからさ。私だって香夏子だけど、別に夏の香りなんて漂《ただよ》ってないし。ジュリエットって名前だからって、ロミオと出会うとは限らないよね」

「それはそうだけど。でも、言葉には魂があるんだって。ほら、前にこの授業でも先生が言ってたじゃん。ということは、ジュリエットって名前とロミオって名前がひきつけあって、いつかめぐり会わないと」

「ジュリ現実的なのに、夢みたいなこと言うんだね」

香夏子はくすくす笑った。

いつもの私は霊感も直感もなければ、幽霊も占いも信じない。でも、ロミオとは出会えるはずなのだ。そうじゃないと、ただこんな妙な名前を背負っているだけでは、空《むな》しすぎる。

「まあ、いいじゃん。運命で引き合うんだったら、何もしなくてもそのうちロミオのほうからのこのこやってくるよ」

飽き性の香夏子はもうロミオ探しに関心がなくなったようで、そう言うと机の上に突っ伏した。どうやら残りの授業は寝て過ごすらしい。私は頬杖《ほおづえ》をつきながら、ぼんやり窓の外を眺めた。いったいまだ見ぬロミオは、どこで何をしているのだろうか。

3

授業の課題を仕上げるため図書館で調べ物をしていて、みちのく湯に着いたのは七時を回っていた。夜なのに、みちのく湯には頼りない電灯しかついていない。それでも扉を開けると、湯気でしっとりとした温かい空気が広がりほっとする。

「ごゆるりと」

おじいさんは私の顔を見ると、そう言った。今日の私の体調は万全らしい。

「ありがとうございます」

私はにこりと応えると、女湯へと向かった。

十二月の夜はどっぷり暗い。こんな寒くて暗い夜は、ゆっくり大きなお風呂に入るのがぴったりなのに、みちのく湯はいつもどおりすいている。

女湯の客は、私を含めて三人だけだ。年老いたおばあさんと、たっぷりと太った人のよさそうなおばさん。どちらもよく見かける常連さんだ。

おじいさんがいなくなったら、みちのく湯はなくなってしまうのだろうか。経営も成り立ってなさそうだし、跡継《あとつ》ぎもいなさそうだ。私は勝手な心配をしながら、身体をごしごし洗った。アパートの狭い風呂場とは違って、広い銭湯では丁寧《ていねい》に洗える。身体を伸ばしてすみずみまでこすると、いろんなものが洗い流されていく気がする。

しっかり身体を洗い終えた私は、湯船のほうからほのかな香りがしていることに気づいた。さわやかで上品な香り。近づいてみると、湯船にはいちょうの葉が浮いていた。

「いちょうは血液の流れをよくしてくれるからね」

お湯につかりながらいちょうの葉をつまんだ私に、おばあさんが言った。

「へえ。そうなんですか」

「ついでに頭がよくなってボケ防止にも効くしねえ。ま、たまにいちょうの葉が浮いたお風呂に入るだけではあんまり意味はないだろうけど」

おばあさんはそう笑った。

みちのく湯は冬至《とうじ》や夏至《げし》だけでなく、時々薬湯が用意される。効能は知らないけど、よもぎや桜や笹の葉が浮いていることがある。日本にはたくさんの草木があって、それぞれに何かの力があるのだ。

せっかくこんな湯が用意されているのだ。温泉が出なくても、スーパー銭湯みたいに設備がなくても、もっと人が来てくれたらいいのに。おじいさんも、たくさんの入浴客でにぎわえば、きっと喜ぶはずだ。

私はゆらゆら浮かぶいちょうの葉を見ながらそう思った。いちょうの葉が浮かんだお風呂は、いつもよりしっとりと身体を温めてくれる。そして、ほんのり葉の香りがする湯につかっていると、いい考えが浮かんできた。

「川宮《かわみや》シティ新聞?」

学食で早めの昼食をとりながら、昨日考えたアイデアを報告すると、香夏子は首をかしげた。

「そう。そこにロミオのことを投稿しようと思って」

私は購買部で買ったはがきを香夏子に見せた。

「たまに新聞に入ってるやつのこと?」

「それそれ。私、前にシティ新聞でこたつを売ったことがあるんだよね」

川宮シティ新聞というのは、毎週火曜日に広告と一緒に新聞に挟まれている地域のミニコミ紙だ。そこに掲示板のコーナーがあって、「ペットをもらってください」とか、「子育ての悩みを交流しあいましょう」とかいったメッセージが掲載されている。私も以前そこを利用して、いらなくなったこたつを買ってもらったことがある。

「なるほど。インターネットサイトより読み手の年齢層は広いかもね」

「でしょう。それにもしもロミオがいても、あまりに遠かったら会うのも大変だもん。川宮シティ新聞だったら、川宮市の中ですべてが片付くし」

私は今日のランチである鶏の照り焼きを口に放りこんでから言った。学食のランチでは鶏の照り焼きが一番おいしい。皮がパリッと焼けていて、甘辛《あまから》いたれがよく絡《から》んでいる。私も香夏子も鶏の照り焼きがメニューの時は、必ず学食を利用する。

「川宮市にロミオがいる確率は、日本全国を対象にした時より確実に減るだろうけどね」

「大丈夫よ。運命の人なんだから、最初からすぐそばにいるんだって」

私は食べかけの食器をテーブルの隅に押しやり、はがきにメッセージを書きはじめた。

「当方ロミオを探しています。ロミオさん連絡ください。まあこんなもんかな」

「うわあ、家出少年を探す母親みたい」

香夏子は私の文章を見て、吹き出した。

「いいのよ、趣旨さえ伝われば。コミュニティサイトの時みたいに、的外《まとはず》れな情報が集まっても読むのに困るだけだし」

「趣旨だけはばっちりわかるけど。あれ、二枚も書くの？」

私ははがきを二枚用意していた。もう一枚はロミオ用ではない。同じ川宮シティ新聞内の、「私のお勧《すす》めのお店」のコーナーに投稿するためだ。

「こっちはロミオじゃなく、みちのく湯のことを紹介しようと思って」

「みちのく湯って、あの駅前の銭湯のこと？」

「うん。いくらなんでも客が少ないんだよね。このままじゃちょっと寂しいし、つぶれちゃいそうだから」

「ジュリって物好きだねえ」

香夏子はそう言って肩をすくめた。確かに、何の関係もない銭湯のことをこんなにも考えているのは、自分でも不思議だ。

「でも、なぜかほうっておけなくて。おじいさん一人でほそぼそやってる姿見てると、何とかしないとって勝手に思っちゃうんだ。それに、本当にいい湯なんだもん」

私はもう一枚のはがきには、

「山橋《やまはし》駅前にあるみちのく湯は、とてもいいお風呂です。小さいけれど、昔ながらの温かい銭湯です。一度ゆっくり入りに来てください」

と書いた。

どっとお客さんが押し寄せたら困るけど、ほとんどお客さんがいないのは悲しい。銭湯がにぎやかになって、おじいさんの喜ぶ顔も見てみたい。

「ロミオが見つかるのとみちのく湯が流行《はや》るのと、どっちが早いかな」

香夏子は二枚のはがきを見比べた。

「さあ、どうかな」

どちらもなかなか難しいだろうなと思いながらも、私は願いをこめてはがきに住所を書き込んだ。

4

翌週の川宮シティ新聞に、私のメッセージは二通とも掲載された。十二月も半ばのクリスマスや忘年会の情報が多い中、ロミオとみちのく湯のメッセージを見つけて、私は香夏子と喜んだ。

ところが、二日待っても、三日待っても、ロミオからの返事はなかった。返事どころか、一通の情報もない。川宮市にはロミオはいないのかもしれない。コミュニティサイトの時とは違って、偽ロミオからの連絡もない。私のメッセージは、まったく誰の目にも留まらず終わってしまったようだ。

しかし、もう一通のメッセージは力を発揮した。

川宮シティ新聞が配られた翌日、みちのく湯のお客さんが増えたのだ。私が行くと先客がいた。女湯の客は、私を含めて七人。ここに通いはじめての最高記録だ。たいして話をするわけではないけれど、誰かがいると少し楽しい。やっぱり銭湯には人が集まっていてほしい。私はいつもより、陽気な心地でお湯につかった。

「なんだか今日はお客さんが増えましたね」

私は脱衣所から出ると、おじいさんにそう言った。男湯からも数人の声が聞こえている。

「ほんの少しですが、多くなった気もしますね」

おじいさんはいつもの穏《おだ》やかな調子で答えた。

「昔はもっとたくさんお客さんがいたんですか？」

「そうですねえ。以前は夕方になると、人がどっと集まったものだけどね。だんだん寂しくなりました」

「ジャグジーとかサウナとか、ちょっとした設備があると、人が増えるかもしれませんよ」

私はスーパー銭湯のことを思い浮かべながら、おじいさんに提案した。少しお客さんが増えた勢いに乗って、昔の賑《にぎ》わいが取り戻せたらいい。

「それはそうでしょうけど、別にいいんです。そんなたいそうなことしなくても、お風呂がない人に入ってもらえたら、それで十分ですから」

おじいさんには商売欲みたいなものはなくなっているようだ。だけど、今時お風呂のない家に住んでいる人はそうそういない。そんな人が来るのを待っていたら、みちのく湯はつぶれてしまう。でも、大きいお風呂に入りたいから来る。みちのく湯はそんな気楽な銭湯のような気もする。

「暖かくして帰らないと、湯冷めしますよ」

おじいさんの優しい声に見送られながら、私はまだ何人かお客さんのいるみちのく湯を後にした。

5

「本当、いかにも昔ながらの銭湯って感じだねえ。っていっても、銭湯自体初めてなんだけどね」

香夏子は浴槽の中をあちこち移動しながら言った。

「身体が温まるでしょ？」

「うん。天井が高くて湯船がでかいってだけで気持ちいい」

大学が冬休みになった一日目。お客さんが増えたという私の話を聞いて、一度行ってみたいと言い出した香夏子とみちのく湯にやってきた。冬休みといえども、さすがに昼間から銭湯に来る人はいないようで、湯船につかっているのは私たちだけだ。

「貸しきり状態だね」

「昼間だからだよ。夜はもう少しお客さんが来るんだから」

「はいはい。ジュリはみちのく湯の味方だもんね」

「そういうわけじゃないけど」

「おーい。そっちは誰かいますか？　やっぱり男湯も誰もいないようです」

香夏子は大きなお風呂に開放的になって、はしゃいでいた。

「いいのよ。別にすいてたって。お風呂のない人が来てゆっくりつかることができれば、それで十分なんだし」

私はおじいさんが言っていたせりふを口にした。

「でも、こんなにスペースがあるのにもったいないね。二十人は入れそうなのに」

香夏子は浴場の中をぐるりと見回した。

「やっぱり、最近の若者は銭湯なんか利用しないんだろうね」

「今ごろ気づいたの？　女子大生で銭湯に行くのって、ジュリだけだよ」

香夏子はけらけらと笑った。二人だけしかいない風呂場に声がよく響く。

「香夏子も来たじゃん。女子大生なのに」

「まあね。銭湯って、入ってみると案外いいもんだね」

「でしょ？」

私はほくほくとうなずいた。

誰かとしゃべりながらお風呂に入るのは、すごくいい。もともと香夏子とは仲がいいけど、一緒にお湯につかるとさらに近づいたように感じる。混み合うのはいやだけど、たくさんの人が集《つど》って話し声が響いてこそ、銭湯のよさがある気もする。

「ああ、いいお湯だった」

と何回も二人で繰り返しながらのんびりと着替えを終えようとしていると、思いがけない言葉が耳に入った。

「町内会の忘年会なんだけど、ロミオさんも出席するでしょう」

確かにそう言っているおばさんの声が聞こえる。私と香夏子は顔を見合わせた。

「ロミオ!?」

「今、ロミオさんって聞こえたよね？」

「うん。聞こえた！」

私たちは荷物も置いたままで、脱衣所から飛び出した。みすみすロミオを逃すわけにはいかない。ところが、慌てて出てきたものの、休憩所にも出入り口にも、どこにもロミオらしき人物はいない。いつものおじいさんが番台に座り、その前に近所のおばさんがいるだけだ。

「すみません、さっき、ここにロミオさんっていう方がいましたよね」

私はおばさんにむかって言った。興奮しているせいで、声が上ずっている。突然声をかけられたおばさんは目を丸くしているけど、余裕はない。私はさらに、

「そのロミオさん、どこに行かれましたか?」

と尋ねた。ロミオと呼ばれた人はまだ近くにいるはずだ。行き違いたくはない。私がおばさんの答えを待つ横で、香夏子はきょろきょろあたりを探っている。

「どこにって……」

おばさんは風呂上りの女子大生に詰め寄られ、困惑した顔をおじいさんのほうに向けた。

「あの、それは、わしのことですか」

おじいさんは、おばさんと同じように戸惑いながらそう言った。

「へ?」

私と香夏子は一斉におじいさんを見た。

「ロミオというのはわしですけど」

「おじいさんが⁉」

私は腰を抜かしそうになった。まさかこのおじいさんが、ロミオだなんて。ずっと探し続けていたロミオが、銭湯のおじいさんだなんて……。私は何度も目をぱちぱちさせて、おじいさんの顔を見つめた。

「ロミオって、おじいさんがロミオっていうんですか？」

香夏子に念を押されて、おじいさんは「ええ。そうです」と、首を縦に振った。

「まさか……」

あまりに驚いて、私はなかなか言葉を発することができなかった。

ロミオというのは、若くてはかなげな青年だと勝手に思い込んでいた。手足は長く、目は澄み鼻筋は通っていて……。自分のことを棚にあげてだけど、ロミオという名前を持っているのだから、美少年にちがいないと信じていた。しかし、目の前に現れたロミオは、若くも美しくもないただのおじいさんだ。

「風呂屋の三男坊なんで、そんな名前になったんです。変わった名前でしょう。まあ、ここまで驚かれたのは初めてですが……」

おじいさんは茫然としている私たちに、説明をした。

「風呂屋の三男坊……」

「風呂の呂に、数字の三に、男。それでロミオというんです」

おじいさんは空に指で漢字を書いて見せた。なるほど。確かに風呂屋の三男坊は、呂三男《ろみお》だ。

「ロミオがおじいさんだったなんて」

私は思わずつぶやいた。

「わしの名前がロミオだと、何か困ったことでも?」

おじいさんは私たちの反応に不思議がった。そりゃそうだ。自分の名前でこんなに騒がれたら、誰だって驚くだろう。私はおじいさんの疑問を解くために、自己紹介をした。

「あの、私、ジュリエットって言うんです。谷岡ジュリエット。カタカナでジュリエットって書くんです」

「そうですか。いい名前ですね」

おじいさんは私の名前を聞いても、ぴんとこないようだった。

「おじいさん、『ロミオとジュリエット』って映画、ご存じないですか?」

「さあ。ちょっとよくわからないけれど」

おじいさんは首をひねった。

「ロミオって男の人とジュリエットって名前の女の人が、周りの反対を乗り越えて大恋愛をする話なんです」

「はあ、それはまたすごい映画ですね」

「ええ。すごい映画なんです。私の名前はそこから来たんです。それで、ずっとロミオって名前の人を探してて……」

「へえ。そりゃまた」

おじいさんは私の話を理解しないままで相槌《あいづち》を打った。

「ちょっと、ロミオさん。すごいじゃないの。私も若いころ、ロミオとジュリエットの映画を見たけど、なんともロマンチックな話だったわよ。ジュリエットと出会えるなんて、ロミオさんも長生きしたかいがあったじゃない」

当事者のおじいさんより話を早く飲みこんだおばさんが、興奮気味に言った。

「この子ったら、自分がジュリエットって名前をつけられたものだから、ロミオって名前の人こそ運命の人だって、今日まであらゆる手を使ってロミオさんを探してたんです。それで見つかったのが、おじいさんです」

香夏子も説明を付け加えてくれた。それでもおじいさんは「ほう」と感心しているだけで、いまいち「ロミオとジュリエット」の運命はわからないようだった。

「だけど、せっかく見つかったロミオが、こんなじいさんだったなんて、がっかりだわよね。ロミオが若者だったら恋にも落ちただろうに、呂三男さんとはそういうわけにもいかないものね」

おばさんがそう言って、

「映画みたいにはいかないもんですよね。いくらロミオとジュリエットなんて名前がついていても、現実はこんなもんなんだなあ」

と香夏子も同意した。

「でも……」

「でもって、まさかジュリ、すでにおじいさんに一目ぼれしてしまったとか？」

香夏子が言って、おじいさんもおばさんも笑った。

「そうじゃないけど……」

呂三男じいさんとは恋に落ちることはない。運命の相手というのとは違う。私の想像していたロミオは、こんなふうではない。だけどだ。呂三男じいさんと私は、無関係なわけでもない気がする。

「でも、やっぱりロミオとジュリエットなんだと思う」

「へ？」

香夏子とおばさんは同時に私の顔を窺《うかが》った。

「だって、知らない間にこの銭湯が気になって通うようになってて、それって、きっとおじいさんがロミオだったからだろうし……」

私が自分の考えを探るように話すのに、今まで他人事《ひとごと》のように聞いていたおじいさんが、

「そういえば、わしもおじょうちゃんの調子がなんだかよくわかったな」

と口を挟んだ。

「ジュリの調子ですか？」

「そう。おじょうちゃんがここに来てくれる時、身体の具合がいいのか悪いのかとか、風邪を引きそうだとか、ぴんとわかってしまって。自分でも不思議なことだなあと思ってたんです」

「おじいさんって、みんなの体調がわかるわけじゃなかったんですか？」

私はおじいさんがこの銭湯を利用する人、みんなにアドバイスをしていると思っていた。

「まさか。わしはそんな力は持ってないよ。おじょうちゃんの体調だけが、なんとなくすけるように見えたんだ」

「すごい。それってやっぱり、運命じゃないですか」

香夏子がそう言ってぱちぱち手を鳴らし、おばさんも一緒に拍手をした。

「運命かどうかはわからないけど、まあ、なんだかめでたいことですね。何かの縁でしょう。好きなだけここに来てください」

おじいさんは気前よく笑った。


「意外なところにロミオがいたんだね」

銭湯を出ると、香夏子が言った。二人ともしゃべりながら長い間お湯につかっていたから、まだ身体はほかほかしている。

「あのおじいさんがロミオだったなんて、気づかなかったな」

「何はともあれ、見つかってよかったじゃん。ロミオ探しも一件落着だね。これでジュリにも静かな日々がやってくるのか」

「ロミオ探しは一件落着だけど、でも、私何とかしたい」

「何とかって、まだ何かあるの？」

香夏子は怪訝な顔を私に向けた。

「せっかくロミオが見つかったんだもん。恋には落ちないけど、ロミオのために何かしたいんだ」

「何かあのおじいさん困ってるの？」

「おじいさんは何も困ってはないだろうけど……。だけど、私はみちのく湯がにぎわってる様子を、もう一度おじいさんに見せたい」

「なるほどねえ。でも、それってロミオを探すより難しそう」

「大丈夫。いい考えがあるんだ」

私はにこりと笑ってみせた。

「いい考え？　みちのく湯をスーパー銭湯に改装するとか？」

「まさか。そんなこと私にできないよ」

みちのく湯にスーパー銭湯並みの設備を付けることは、私には無理だ。そんな予算はおじいさんにだってないだろう。けれど、大掛かりなことをしなくても、きっと人は集められる。

今回、ロミオを探す中で、いろんな人がコミュニケーションをとりたがっていることを知った。インターネットみたいにポップじゃないけど、銭湯でだってコミュニケーションはとれる。パソコンがなくても、三百円さえ払えば簡単に誰かと出会える。

「今って、すごくタイミングがいいんだよね」

私は空を見上げた。確実に季節は真冬を迎えている。

「もうすぐクリスマスってこと？」

「クリスマスは銭湯には関係ないじゃん」

「じゃあ、何よ」

「今年はイブの前日が冬至でしょ」

「何それ」

「ゆず湯の日」

「ゆず湯？」

香夏子は、冬至のこともゆず湯のことも知らないようだった。

「とりあえず、二十三日は香夏子もみちのく湯に来てよ」

私は意味がわからないという顔をしている香夏子に手を振ると、家へと急いだ。

その晩、私はコミュニティサイトにせっせとメッセージを書き込んだ。

「クリスマスもいいけど、やっぱり日本人は冬至ですよね。今年の冬至はもうすぐ、十二月二十三日です。ゆっくりゆず湯に入って、おしゃべりしませんか。川宮市の山橋駅前にあるみちのく湯に、二十三日にどうぞ来てください。いいお風呂です」

二十三日にみちのく湯で何か催し物があるわけではない。ゆずを湯に入れるだけだ。でも、何かを設定しなくても、大きな湯船に一緒に入れば交流ができるにちがいない。人が集まれば、それだけで銭湯は活気にあふれる。

香夏子に教えてもらったコミュニティサイトだけでなく、お風呂マニアのページや地域限定のサイト。私は手当たり次第にメッセージを書いた。どれだけの人が、冬至や銭湯なんていう古い言葉に目を留めてくれるかはわからない。だけど、たくさんの人がメッセージを通りすぎるのだ。何人かは反応してくれるはずだ。

6

十二月二十三日。冬至当日は、朝から空は灰色だった。天気は悪いけど、風は冷たい。絶好の入浴日和だ。

私は昼前から、準備を手伝うためにみちのく湯に出向いた。

「あらまあ、おじょうちゃん。いったいどうしたんですか？」

おじいさんは驚きながらも、開店前の銭湯に私を招き入れてくれた。掃除中だったようで、ズボンの裾がまくられている。

「今日は冬至でしょう。きっと忙しくなります。だから手伝いに来たんです」

そう言う私を、

「冬至だろうと正月だろうと、ここの暇さは変わりませんよ」

とおじいさんは笑った。

「油断は禁物ですよ。早めに支度しましょう。私も洗います」

私は腕まくりをして、浴場に向かった。お客さんがいつ押し寄せてもいいように、お湯を整えておかなくてはいけない。

「どうしておじょうちゃんは、こんなことをしてくれるんだろうねえ」

タイルをデッキブラシでこすりながら、おじいさんが言った。じゃっじゃと小気味いい音が浴場に響く。

「そりゃ、ロミオとジュリエットだからですよ」

私はそう答えると、同じように床をこすった。おじいさんは難なくやっているけど、意外に力がいる作業だ。私の額にはすぐに汗がにじんだ。

「それならば、呂三男と名づけてくれた親父に感謝しないといけないね」

おじいさんは床を洗い終えると、次は洗面器やいすや蛇口《じゃぐち》などの細々したものを洗いだした。おじいさんの手際は良く、見ていて気持ちがいい。

「ロミオって、すごくいい名前ですよ。響きはいいし、漢字で書けば風呂屋の三男坊ってすぐにわかるし。一石二鳥です」

「おじょうちゃんもね。ジュリエットなんてハイカラでかわいらしい。めったにない、いい名前です」

私たちは互いの名前を褒《ほ》めあって、くすくす笑った。

洗剤をきれいに流し、お湯を張る。おじいさんがゆずをいくつかそっと浮かべ、冬至のお風呂の出来上がりだ。洗い立ての浴槽の中のお湯は、ただの水道水なのにきらきらして見える。黄色のゆずがぷかぷかと揺れ、風呂場にはさわやかな湯気が立ちこめている。後はお客さんを待つだけだ。

「知らなかったけど、お風呂屋さんって重労働なんですね」

私は番台の横に座って、おじいさんとお客さんが来るのを待った。ごくりと飲んだおじいさんが入れてくれた渋いお茶が、風呂掃除で疲れた身体にゆっくりとしみこむ。

「そうですか。お風呂を用意して、誰かを待つのは楽しいものですよ」

おじいさんはまったく疲れていないようで、さらりと言った。確かにそうかもしれない。きれいに掃除して温かいお湯を張っただけで、私も誰かが入るであろう姿を想像してうきうきした。

「今日は冬至だし、ゆずも入れたし、たくさんお客さんが来てくれるといいのにな」

「おじょうちゃんも手伝ってくれたから、いつも以上にきれいなお湯ですもんね。今日は寒いから、早めに人が来るはずですよ」

おじいさんの言うとおり、昼を過ぎたころからお客さんがちらほらやってきた。いつもの太ったおばさんにおばあさん、時々見かける角刈りのおじさん。常連さんににこやかな笑顔を向けるおじいさんの横で、私も同じように微笑《ほほえ》んでぺこりと頭を下げた。

「お孫さんですか？」

と何人かに聞かれ、私もおじいさんも首を横に振りながら笑った。

「ジュリが受付嬢をしてるなんて、びっくりだよ」

夕方には、香夏子も友達を連れてやって来てくれた。

「やっぱり冬至にはゆず湯に入らないとね」

と何も知らなかったくせに偉そうに友達に説明している。

夜が更《ふ》け出すと、見かけない人の姿も増えた。

「みちのく湯って、ここでいいんだよね」などと話しながら入ってくる若い女の子もいる。少しは宣伝効果があったようだ。

満員とはいかないけど、陽気な話し声が途切れることなく風呂場に響いている。みちのく湯はいつもよりにぎやかだ。

「やっぱり冬至のお風呂はいいですね」

私が声を弾ませるのに、「そうみたいですね」とおじいさんも嬉しそうな顔をした。

「もう少し、そうだなあ、五十人くらい来てくれたらよかったんだけど」

「これで十分ですよ。そんなに人が来たら湯があふれてしまう」

「そっか。そうですね」

私はおじいさんの言葉に、笑ってしまった。

「でも、最後にこんなに人が来てくれたのは嬉しいです。いい思い出ができました」

おじいさんがしみじみと言うのに、私は眉をひそめた。

「最後？」

「ええ。今年いっぱいで、みちのく湯も取り壊しなんです」

「そんな……。どうしてですか？」

「おじょうちゃんもよく知っているように、ほとんど客も来ないでしょう。跡取りもいませんしね」

ああ、やっぱりそうだったんだ。そうは思ったけど、みちのく湯がなくなってしまうのは、とても寂しかった。

「もうずいぶん前から決めていたことなんです」

おじいさんは、しょんぼりする私を慰めるように言った。

「そうなんですか……」

「でも、最後に、こうやっておじょうちゃんと一緒に、お客さんを迎えられてよかったです」

「私もそう思います」

　私は力強くうなずいた。

　私のロミオはただのおじいさんで、運命の人とはちょっと違う。でも、もし私たちの名前が「ロミオとジュリエット」じゃなかったら、番台に並んで座ることはなかったはずだ。ジュリエットという名前が、ここに連れてきてくれたのかもしれない。

「ゆず湯、気持ちよかったね」

「銭湯っていいもんだな」

　話を弾ませて帰っていく人たちをおじいさんと見送りながら、まだ湯につかっていないのに、私は身体が温かくなるのを感じた。

宇《う》田《だ》川《がわ》のマリア

西加奈子

西加奈子（にし・かなこ）
2004年『あおい』でデビュー。05年『さくら』が25万部を超えるベストセラーになる。07年『通天閣』で織田作之助賞を受賞。著書に『白いしるし』『円卓』『漁港の肉子ちゃん』『ふくわらい』『ふる』などがある。

殺されてから歩く渋谷《しぶや》、というのは、とても不快な街ね。

生きているときから渋谷という街は嫌いだったし、殺されてから歩く街なんて、きっとどこも嫌な気持ちがするでしょうけど、それでも、今この瞬間の私より、悲しくて、苛立《いらだ》っていて、不快な思いを持っている人は、いないと思うわ。すれ違う人が、皆阿呆に見える。さっきは、赤い髪した女が、電柱に寄りかかって嘔吐《おうと》していたし、腰骨よりもうんと低い位置でズボンをはいた男たちが、口からビールを吹き出し合って大騒ぎ、背の高い黒人は、アフリカ人なのに、アメリカ人のふりして「ヘイヨウ！」なんて挨拶《あいさつ》を交《か》わしていた。

どうして、私じゃなくて、この人たちが殺されなかったんだろう。

何も考えていなくて、人に与えるのは不快感ばかりで、世の中のために、何の役にも立たない、あの人たちじゃなくて、何故、この私が殺されなくてはいけなかったの。

このままじゃあ、成仏なんて、出来ないわ。

そもそも、東京に出てきたことが、間違いだったのかしら。馬鹿な考え起こさずに、田舎《いなか》の町で、大人しくお勤めをして、いつか誰かと出会って結婚、一男一女をもうけて平穏に暮らすのが、私には、合っていたんじゃないかしら。でも、

「小説家になりたいの。」

ああ、その言葉を口に出した途端、いてもたってもいられなくなって、お父さんもお母さんも、もちろん反対したけれど、当時私は二十六歳、お勤め先の眼鏡屋なんてお客さんも来ないし、来たとしても老眼鏡を買いに来たご老人や、母親に連れられてやって来る小・中学生ばかり、出会いを期待するような下卑《げび》た女じゃないけれど、二十六年生きてきて、一度でも、これだと思うものにかけたことがあったかしら、そう思ったら、虚《むな》しくて虚しくて、たまらなくなったの。

小説は、昔から好きだった。町の図書館にある本はほとんど読んだつもりだし、手に入らないものはインターネットで手に入れた。高校のときは三人しかいない文芸部に所属して、短い小説を何篇か書いたら、顧問の先生は「情景描写に長《た》けている」「ストーリーテリングが妙」だって褒《ほ》めてくださったし、文学賞に応募した小説が、一時審査を通過したこともあるわ。

でも、小説家になりたいと思った、決定的なきっかけは、あの本屋での出来事だった。百貨店の中に入ってるMという本屋に、私はよく行っていた。地元で一番大きな本屋だったし、フロアに椅子が置いてあって、そこで本をいつまででも読んでいて良かったから。その日店に入ると、レジの横に人の列が出来ているのに気付いたの、数十人。何かしらと思って列の先を見ると、どうやらサイン会のよう、若い女の作家。知っているわ、最近デビュー作を出して、それをチェックしてみたけれど、ブログの続きみたいな私事を延々《えんえん》書き連ねて、最後は結局「幸せは、すぐそばにある」みたいなイージーな括《くく》りで終えちゃう、はっきり言って駄作だった。何冊かの文芸雑誌でインタビューされているのを見たけれど、「私は本当にラッキーです。えへへ。」みたいなことばかり言って、文学的なことには一切触れない、そりゃそうよね、本を読んだこと無さそうな阿呆面してるもの、こんな人の本が売れるんだから、世の中って本当におかしい。その女が、雑誌と同じ阿呆面さらして、サイン会なんてご大層なもの開いてるんだから、気分が悪いわ。私は大好きな詩人の詩集を何冊かと、気になっていた新刊を数冊手に取って、椅子に座って読み始めた。時々「ありがとう！」「嬉《うれ》しい！」なんて声が聞こえるけれど、それは無視だわ、読書を邪魔されるほど、あなたのこと、気にしてなんていないのよ。

ふと足元を見ると、随分《ずいぶん》前に買った紺色のスカートの裾がほつれてた。いけない帰ったら直さなきゃ、そんな風に思っていたら、なんだか、やっぱりまた怒りがこみあげてきた。今は老人かガキしか来ない眼鏡屋に勤めて視力検査表を全て暗記するくらい退屈な毎日を送っているけれど、スカートはあんまり前に買ったものだから紺色があせて白っぽくなってしまっているけれど、私は、あなたより百倍立派な小説を書けるのよ、インタビューされたら絶対にあなたより文学的なことが言えるし、サイン会にそんなびらびらした安物の服なんて着ないし、サイン書くたびにキャーキャー騒いだりしないわ。

「小説家になりたいの。」

十日後には、そう言ってた。こんな田舎で、一生を終える私ではないわ。

「私、東京に行く。」

そして、三年が経った。

二十代最後の夏、私は深夜、勤めている「OH！弁当」から帰る途中、家の近くで殺された。むしむしと熱い夜で、仰向《あおむ》けに倒れて見上げた空、桜の木の葉陰から見える月が、憎らしいほどまん丸だったわ。駅から歩いて三十分ほどもかかるアパートだった。一人暮らしは初めてだったし、駅から近いオートロックのマンションにと両親は言ったけれど、大学生みたいにちゃらちゃら遊びに来ているんじゃない、私は作家になるため、いわば修業のために暮らすのだと言い聞かせて、ほとんど朽《く》ち果てているといっていい六畳一間のアパートに住んだの。駅からあんまりにも遠すぎたけれど、ここの並木は春になると一面桜でピンク色に染まりますよ、そう不動産屋さんに聞いて、決めた。桜並木は大きな大学沿いにあったので夜になると誰もいなくなる。外灯もまばらだし、少し怖い、と思ったけれど、毎年春に咲く、あの桜だけを楽しみに、私は毎晩、この道を歩いたの。月の光がやっと届く、ひっそりとした大学通りの桜並木。

朝になれば、私の死体が見つかるはずよ。冷たくなっている私を、散歩に来た老人が、犬を連れた婦人が、友人宅から帰る大学生が、見つけるでしょう。人間は死んでも、その死体を誰かに見つけられるまでは、成仏しないと、死んだおばあさんに聞いた。だから私も、そのときまで、自分のしたいことをしようと思ったの。

どうして渋谷に来ようと思ったのかしら。生きているときは、一度も来なかった、猥雑《わいざつ》で下品で低能な街。きっと人がたくさんいるところに来たかったのね、私が殺されたのは深夜一時、こんな時間に賑《にぎ》やかな場所なんて、渋谷以外に考えられないもの。私は自分の体を置いて、魂の移動をして、こうやって渋谷を歩いている。道行く人は、誰も私のことなんて見ようとしないわ、当然ね、私は死んでいるのですもの。

ビルの住所札を見ると、「宇田川町《うだがわちょう》」って、書いてある。すれ違う男の子は、皆ズボンが馬鹿みたいに太くって、手にレコードの入った汚らしい袋を持っているの、そういえば昔「OH！弁当」に来た大学生が、「宇田川町は世界で一番レコード屋が多い街らしいぜ」なんて言ってた、きっとこのことね。レコード屋なんかより、本屋を、図書館をもっと、増やすべきよ。そして棚には、私の本が並んでいるの。ピンクだとか水玉だとか、キュートな題字だとか、そんな女々《めめ》しい表紙じゃなくて、もっと毅然としたもの、厚みがあって、どっしりとして、真実を読む者だけに訴えかけてくる、そんな装丁の、私の本が。ああ、でも、死んでしまった今となっては、それも儚《はかな》い夢だったわ。

悲しい気持ちをもてあまし、あてもなく歩いていることに、私はいい加減疲れてしまった。渋谷の毒にやられたのね。そのとき、私の前を、女が通った。私はその後ろ姿を見た途端、もう一度死んだような気持ちになった。

あの女だった。

田舎の本屋でサイン会を開いていた、あの、女だった。

ぺたぺたと汚らしくサンダルの音を鳴らして、肩の出た、だらしない服を着ている。私は咄嗟《とっさ》に後をつけた。女は時折ふらふらとよろける、酔っているのかしら。そして猥褻《わいせつ》な雑居ビルに入って行く。エレベーターを見ていると、六階で停止、ビルの入り口で確認してみたら、そこには「ＢＡＲ宇田川」って書いてある。バーなんて行ったことないし、こんないかがわしいビルだし、私は散々《さんざん》逡巡したけれど、死ぬ気で、いや、もう死んでいるのだから、何だって怖くないわ、そもそも私の姿だって、見えないんだし。そう一人ごちて、エレベーターのボタンを押したの。幽霊の私だから、ボタンに触れることが出来ないかも、そう不安になったけれど、大丈夫だった。六階へ。エレベーターは、不吉な音を立てて、ゆっくりと上がって行った。私の最期の夜を、笑ってるみたいに。

予想外だった。エレベーターを開けると、そこには扉もなく、すぐに店内に入れるようになっていた。閉店後、どうやって戸締りするの？　渋谷って、本当に不思議。そして、誰にも見えないはずの私なのに、「いらっしゃいませ。」と、カウンターの中から店員の女の子が、声をかけてきたの。どうして、私が見えるの？　店内は動物の胃袋の中のように薄暗く、安っぽいお香の匂いがする。レコードがきしんだ音を立て、カウンターには男の人がふたりと、間を空け、あの女がこちらに背を向けて座っていた。大きなお尻がスツールからはみ出して、腐《くさ》りかけの果物みたい。テーブル席には、六人ほどの男女織り交ぜたグループが、やかましくお酒を飲んでいた。

「お好きな席にどうぞー。」

あの女の陰から、坊主頭の男が、にゅうっと顔を出す。店員のくせに、座ってたんだわ、なんて怠惰なの。私はドキドキしながら、女の左隣に座った。店員の女が、私の前にメニューを置いた。目が大きな、一見すると綺麗《きれい》な子だったけれど、よく見たら両目がそれぞれあべこべの方向を見ている。酔っているのね。店員なのに！　手書き、お酒の染《し》みがついた、汚いメニュー、私はそれを見るふりをしながら、ちらりと例の女を見た。女は、ぶわあ、と、大きな欠伸《あくび》、本当に下品。

お酒は飲めないけれど、ここはバーなのだし、やっぱり飲まなくてはいけない。でもお酒の種類なんて知らないし、例えば映画なら「甘いやつを」だとか「いつもの」だとか言うと、バーテンダーがすう、と素敵なカクテルを置いてくれるものだけど、そもそも店員の女といい、坊主頭の男といい、私が思うバーテンダーとは程遠い格好をしているわ。みすぼらしくて、安っぽくて、だらしない。私は不覚にも緊張し始めた。何かお酒、お酒を思い出さなきゃ。

カティサーク。

頭に浮かんだの。カティサーク。村上春樹の小説に出てたわ。私は、やっと顔を上げ、ふたりの店員を見たの。そしたら、坊主の方が急に「うっ」と言って、そのままカウンターから出てしまった。何なの？　見てたら、トイレに駆け込んでいる。私は仕方なく女の店員を見た。女は、濁《にご》った大きな目で、私を見た。

「カティサークを。」

私が言うと、首を横に振る。

「ごめんなさい、ないんです。」

え？　バーなのに？　カティサークが？　ないの？　あの？　村上春樹の？

私はまたドキドキと動揺し始めた。とはいっても、心臓は完全に停止しちゃっているものだから、そう感じただけ。落ち着け、落ち着け、自分にそう言い聞かせながら、「おすすめは？」と言った。

「おすすめ……。」

店員は、あの女を見た。女はニヤニヤ笑いながら、ビールを飲み、

「ビールか、ウーロンハイか、芋《いも》ロックやな。」

と言った。そして、「な？」と、私を乗り越えて、カウンター左端に座っている男に声をかけた。男は、赤い帽子を深く被《かぶ》っていて、きちんと顔を見ることが出来ない。でも、口元と手の甲から、若くないことは見てとれる。

「これ、美味しいですよ。芋ロック。」

そう言って男は自分のグラスを振ってみせた。そのとき、さっきの坊主が戻っ

てきた。「腹の調子悪いなぁ」なんて、聞いてもないこと喋《しゃべ》って、ここは、まがりなりにも飲食店でしょう？　私は小さな声で「じゃあそれを」と言うと、今度は右端の男、作家の女の向こうに座っている男を、ちらりと見た。だってさっきから、何事かをブツブツ呟《つぶや》いてるんですもの。「前から」とか「目頭」とか、「量が」とか。頭が、おかしいのかしら。だのに、あの女はそんなこと聞こえません、という風に、水のようにビールを飲んでる。

この人たち皆、どうして私のことが見えるのかしら。坊主頭が、私の前にグラスを置く。ぷうんと芋のくさい匂い、透明でとろりとしていて、挑《いど》みかけるような佇《たたず》まいをしている。私は逡巡したけれど、それを口にした、頭がぐらりとしたわ。

「だざいっ！」

ふいに右端の男が叫んだ。私はびくりと体を震わせ、決して男を見ないようにした。完全にいかれてるわ、なのに女も赤い帽子も、店員ふたりも、それに触れようともしない。四人それぞれあべこべのとこを見て、退屈そうに、暗闇に紛《まぎ》れ

ている の。

「なんで、ここに入ったん？」

女が言って、ビールを空にした。

「この店、入りにくくない？」

あなたの後をつけたの、とも言えないから、私は芋焼酎を少し飲んだ。匂いがむわあっと、こめかみに上がってくるわ、お腹がじんわり熱くなって、頭がふわふわ。

「殺されたんです、私。」

酔いに任せたわけじゃない。からかおうと思ったわけでもないわ、だって真実なんですもの。女は私の顔を、まじまじと見た。よく見たら女の目も、あべこべの方を見ている。

「ころされた？」

「そうです。」

「誰に？」

「分からないんです、歩いていたら、急に。物盗りではないと思うのだけど、ほら、お財布だって、ちゃんとありますし。」

「モノポリー？」

「明日の朝になったら死体が発見されると思うんです。それまで私、好きなことしようと思って。」

「トモちゃん。」

女は、私が話をしてる途中だっていうのに、店員の女子を呼んだ。トモちゃんと呼ばれた女子は、女がさしだしたグラスを受け取り、黙ってビールをついだ。

「あの、私のこと、どうして見えるんですか。」

私は負けず、女に話し続けた。

「え？　見えるって、何が？」

「私の体、どうして見えるんですか。」

女は瞬《まばた》きをして、頭をはっきりさせるためだといわんばかりに、またビールを口に含んだ。そして、

「新しいなぁ……。」

と、呟いた。新しいって？　何が？　ムキになった私が問い詰めようとすると、

「みしまっ！」

また、右端の男が叫んだ。グラスを取り落としそうになった。思わず、そちらを見てしまうと、どす黒い肌、ほとんど灰色といっていいそれはぽつぽつと穴が開いてるみたいに汚くて、そこにおあつらえ向きの落ち窪《くぼ》んだ目、鉤鼻が魔女みたいで、長い顎鬚《あごひげ》は不吉な預言者みたい。年を取っているのか若いのかすら分からない、不気味な男。お陰で私は女に答えを聞きそびれてしまった。仕方なく頬《ほお》杖《づえ》をついて、指でお酒をくるくるとかき混ぜた。それはひんやりと冷たく、私の指に甘えるように、嫌らしく絡《から》み付いてくる。これが、私がこの世で飲む最期の飲み物になるのね。大学生のとき、サークルの歓迎会で何度か飲んだことはあったけれど、ちっとも美味しくなかったし、私はいつの間にか皆の輪から外れてひとりぼっち、結局サークルにも行かなくなって、そのまま大学生活は終わった

わ。だから、酔っ払ってハメを外したり、呂律《ろれつ》が回らなくなって嘔吐、なんてことが、無い。どこかで理性のブレーキがかかっちゃって、それにそもそも酔っ払ってぐだぐだとだらしない女なんて、私が一番嫌っているもの。でも、作家って、酒豪が多いのよね。酔っ払って無茶苦茶になったり、アルコール依存症になったり、たくさんの男の人と恋をしたり、するものよね、なんていうか、エキセントリックな人が多いのよね。ああ思えば、私は品行方正すぎたわ。文学への情熱だけを内に秘めて暮らしてきたけれど、どうせ死んでしまうのなら、もっとドラマチックな人生を歩んできたら、良かった。

私は目の前のお酒をじっと見つめた。それは悲しくなるほど透明で、冷たく、私を誘う。舌に残すだろう苦味を思い出せばうんざりするけれど、死んだ私への弔《とむら》いだわ、死体が発見されるまで、このお酒とお付き合いしましょう。グラスに口をつけ、優しく傾けると、それは「待ってました」とばかり、私の喉《のど》に滑《すべ》り込んでくる。もう少し乱暴に傾けたら、どうなるかしら。迷わず私はそうした。それは堰《せき》を切ったように胃の腑《ふ》に飛び込んできた。空になったグラスを置くと、私の前に豆がたくさん盛られた木の器が置かれていた。

「食べてくださーい。」

トモちゃんとやらが、そう言った。相変わらず目があべこべだけど、やっぱり綺麗な顔をしている。ただ、見苦しいだけ。坊主が私の空いたグラスを見て、

「おかわりしますか？」

なんて媚《こ》びてくるの、私はそれに応じたわ。男の人に話しかけられるのって、久しぶりよ。でも、坊主はまた「うっ」と言い、トイレに駆け込んでいった。

「美味しいでしょう？」

帽子の男が聞いてきた。まただわ。今日の私は、どうかしてる。こんなに男の人に話しかけられるなんて、軽い女だと思われていたら、嫌。ちらりと右隣を見ると、女の肩、ブラジャーが覗《のぞ》いている。絶対に嫌、あんなふしだらな女になるのは！

トモちゃんとやらが、私の前にグラスを置いた。私はそんな考えを打ち消すように、それを一気に飲んだ。女が、「お～」と言うのが聞こえる。

「おかわりください。」

坊主が帰って来た。店員同士の話を聞いてると、どうやら坊主はタツ君と呼ばれているみたい。タツ君とやらはさっきより多めに焼酎を入れると、私の前に置いた。手が、カサカサと荒れている。バッグの中にハンドクリームが入っていたはずだわ、私も水仕事だもの、手荒れに悩む気持ちは分かる。青いラベルのクリームを差し出すと、タツ君とやらは驚いた顔をし、「いやいや、ありがとうございます。」などと言って、それを受け取った。そしてしこしことそれを塗った後、嫌味なくらい低姿勢で、私に返してきた。

「いいです、それ、あげます。」

「いやいや、いいっすよ！」

「いいんです、私もう、死んで……。」

そのとき、女が私たちの話に割り込んできた。

「なあなあ、名前なんていうん？」

私はそれをうるさく感じながらも、大人の余裕を見せて答えた。

「ニシと言います。」

「ニシさん？」

「はい。」

「今日出会えたことに、乾杯！」

ガチンッと、乱暴に私のグラスに自分のそれを押し付けると、女はぐぐと飲み干《ほ》した。飲みきれなかったビールが顎の下に垂《た》れて、随分と醜《みにく》かった。ああ、この女に言ってやりたい。こんなバーでだらだらとお酒を飲んでいるのなら、家に帰って本の一冊でも読みなさい。そして、少しでも文学的な小説を、書きなさい。あんな駄作が売れて、そのお金が全て汚らしいビールに変わっているなんて、文学界への、冒瀆《ぼうとく》だわ！

ああ、どうして私が死ななければいけなかったの？　私があと少し生きていれば、きっと立派な作品を、後世に残すことが出来たのに。レコード屋だらけのこの街で、ひとりでも多くの若者が、きっと私の本を読むようになったはずよ。なのに、なのに。

「あの。」

「ふぁい。」

「あの、小説　書かれてますよね?」

「えー、なんで知ってるん?」

「文芸系の雑誌は、すべてチェックしてるんで。お名前もお名前ですし、お顔も存じ上げてました。」

「ぞんじあ?　あげ?」

もう、いいわ。女は阿呆面をさらして、嬉しそうにこちらを見ている。もう何も、言うまい。私は死んだのだから。今さら彼女に恨《うら》み言《ごと》を言ったって始まらないし、そもそも彼女、本当に頭が悪いんだもの。

「え、あの、話終わり?」

女は何か話したそうにしてたけど、私は知らん振りして、お酒を飲んだ。そして女に、「何か?」という顔をしてやった、あなたと話すことなんて、ないわ。力をこめて前を向き、私は口にグラスを運んだ。女はなんだかぶつぶつ言ってたようだけど、悔しかったのか、ビールをお代わりしたの。私に勝てるのはお酒だけ、ってことね。分かったわ、その鼻っ柱《ぱしら》、徹底的にへし折ってやる。私は死んでるんですもの、お酒をどれだけ飲んだって、酔ったりしないはずよ。女が一杯飲む間、私は二杯飲んでやったの、女は驚いた顔で私を見、卑屈な顔で笑ったわ。お酒で勝てないとなると、あなたに何が残るの？

四杯、五杯、六杯。芋焼酎なんていう下品な飲み物が、私の胃に入って、神聖なものに生まれ変わっていく。

「あの、さっき死んでるって、言いました？」

赤い帽子の男が、また嫌らしく話しかけてきた。いけない、きちんとしなきゃ、この男、私を口説《くど》くつもりね。無視してやってもいいのだけど、なんだか喉が熱いものだから、声を出したくなる。

「ええ、そうなんでしゅ。」

あれ？　なんてこと！　顔が赤くなるのが分かった。「でしゅ」だなんて！

慌てて言いなおそうとしたけれど、男は頓着《とんちゃく》しないで、話を続ける。

「僕もね、死んだんです。」

女が「わはは〜」と笑い、

「イツオさん、いつ死んだん？」

と聞いた。イツオさんと呼ばれた男は「十三年前と、二年前」と答えた。

「二回も死んだんかい。」

と女は言い、嬉しそうにビールを飲んだ。空になったものだから、私も飲み干して、お代わりを頼んだ。

「でも、この店で、また生き返りました。」

イツオさんとやらは、そう言った。私はため息をついた。

「あの、そういう概念的な死ではないんです。私は物理的に、本当にチンダんでしゅ。」

きゃあ！　また失敗、どうして？　死んだから、口の筋肉が麻痺してるのかしら。トモちゃんとやらがペーパーナプキンを私によこして、「大丈夫ですか？

服濡れてる。」なんて言ってる。見ると、私のお洋服の胸元が、ぐっしょり濡れているの、嫌、嫌、恥ずかしい。

「外人的な詩？」

ヘラヘラ笑っている女を見ていると、私の代わりに死んだらいいのに、心からそう思ったわ。本当に、馬鹿。でも、怒りでグラスをあけた私を見て、「ほんまにお酒強いなぁ」なんて言って私に媚びてくるものだから、少しだけ許してあげよう、と思ったの。

「乾杯！」

女はまた、強引にグラスを合わせて、喉を鳴らしてビールを飲んだ。「うう」と声を出して、タツ君とやらが、またトイレに向かった。喉が渇《かわ》くわ、どうしてこんなに熱いのかしら。人が死んだら、口に水を含ませるけど、それは本当に大切なことね。こんなに喉が渇くんですもの。あんな小さな脱脂綿に含ませただけの水なんて、きっと足りないわ。ごくごく飲んでいると、イツオさんとやらが立ち上がった。

「僕、帰ります。」

え、どうして？　私を口説くこと、諦めたのかしら。

「どうしてでしゅか？」

もう、「でしゅか」って失敗したことなんて、恥ずかしいとも思わなくなった。だってこの店、馬鹿ばっかりなんだもの。

「いやぁ、明日早いし。」

「どうちてでしゅか？　私の最期の夜なのに、つきあってくりないの？」

女が横から「そうやんか〜、ニシさんの最期の夜やねんからぁ」と、合いの手を入れてくる。馬鹿っぽい声だけど、悪くない合いの手だわ。

「あ、そうですか……、それじゃあ、もう一杯だけ。」

やっぱり！　イツオさんとやらは、私を口説こうとしてる！　外人的に二回死んだ男なんだし、怖いものなんてないのね。

「かわばたっ！」

また、あの男が叫んだ。なんだかおかしくって、私は「そうよっ！」と叫び返した。戻ってきたタツ君とやらがペンギンみたいな顔をして、私を見てる。何？　何か言いたいことがあるのかしら。私は「いいのよ」という風に、彼の眼を見つめた。タツ君とやらは恥ずかしそうに目を逸《そ》らすと、小さなグラスにビールを入れて、私の方に差し出してきた。

「やあやあ、乾杯しましょう。」

チン、と可愛らしい音を立てて、グラスが揺れた。隣で女が「あー！」と大声を出す。うるさいわね、思った瞬間、女が私の胸元に手をやった。何するの⁉　私が体をずらすと、がちゃんとグラスの割れた音がした。「あーあー」女がそう言い、トモちゃんとやらが、またペーパーナプキンを私に差し出してきた。「また濡れましたね〜、大丈夫ですか〜？」え？　驚いて見ると、胸元どころか、スカートまでびちゃびちゃに濡れている。どうして？　私、幽霊だから？

「動いたら駄目ですよ！」

イツオさんとやらが私の肩に手を置く。不覚にも、どきっとしちゃうわ。でも、そんな軽い女じゃなくってよ。

「足元危ないですから！」

見ると、私の足元が、きらきらと光っている。ああ、これが、天国への入り口なの？　私がそこに足を伸ばすと、そのままこの世から消えてしまうのね。そしてそのことを知ってて、イツオさんとやらは私を止めようとしてくれてるのね。感傷的になってしまう。なのに、

「はいはい、足元ごめんなさ〜い。」

トモちゃんとやらが、箒《ほうき》とチリトリでもって、そのキラキラを掃除してしまった！　アベコベの方を見ているものだから、これが天国への入り口だって、気が付かないのね。なんてデリカシーのない女なの。顔が可愛いからって、許さないわよ！　何か言ってやろうと思ったけれど、

「店から、お酒一杯サービスしますからぁ。」

なんてまた愛想をふりまくものだから、許してあげても、いいわ。でも、さっきのお酒を、まだ飲み終わっていない。急《せ》かさないでよ。あれ？　グラスがない。どうして？

「私のお酒……。」

そう言うと、女が「今入れてくれてるから、今度はちゃんと、グラス持ちゃ。」なんて訳の分からないこと言って、私の背中をポン、ポン、と叩《たた》いた。馴れ馴れしいわね。きっとこの馴れ馴れしさだから、私のお酒も飲んでしまったのね。

「私のお酒！」

もう一度そう言うと、タツ君とやらが新しいグラスを置いてくれた。ああ、その手があんまりにもカサカサしてるものだから、私は思わず、同情してしまった。分かるわ、私も水仕事してるもの。バッグの中を探すと、あるべきはずの場所に、ハンドクリームがない。どこかに忘れてきてしまったのかしら。そんなはずないわ、私はいつも「ＯＨ！弁当」を出る際に、荷物をすべて確認するもの。まさか、私を殺した犯人が、持ち逃げしたのかしら。でも、どうしてハンドクリームだけ？　お財布はあるわ、ハンカチも、ティッシュも、リップクリームも。なのに、ハンドクリームが、ない。

「何探してんの？」

女が呑気な声で聞いてくる。ああ本当に、私の代わりに、あなたが死ねば良かったのに。

「ハンドプリンがない。」

「はんどぷりん？」

「ハンドクリームがないの。」

女が、顔をくちゃっとさせた。醜いわ。ブラジャーが見えてる、黒、黒。くろ。

「ニシさん、ニシさん、僕さっき、あの、もらいましたから。」

タツ君とやらがそう言った。え？　さっき？　いつ？

「ほら、これ。使います？」

タツ君とやらはそう言って、ハンドクリームを見せてきた。青いラベル、間違いないわ、私のよ。時空が狂ってしまったのかしら。ああ、さっき天国への入り口をトモちゃんとやらが片付けてしまったから、きっとそうね。

「それ、あげます。」

「え、さっきもらっ……。」

「いいの、私もう、死んでるんだかりゃ。」

感傷的になっちゃうわ。私の手はもう、朽ち果てていくのね。ああ、私はこのまま消えてしまうのね。どうして？　どうして私が殺されなきゃいけなかったの？　喉が渇く、喉が渇くわ。この恨み晴らさでおくものか。私は新しいグラスに口をつけた。⁉　何これ？　お酒じゃない！

「これ、」

私は毅然とした態度で、カウンターの中のふたりを見た。タツ君とやらは恥ずかしそうに私を見つめ、トモちゃんとやらは、悪戯《いたずら》を見つかった子どものような顔をしてる。

「これ……。」

怒りがこみ上げてきた。いくら温厚な私だって、我慢ならなかった。

「うぉーたーっ‼」

出せる限りの大きな声で叫んだわ。お酒だとごまかして、水を出すなんて、ぼったくりじゃあないの。それとも何？　私が死んでるからって、お酒なんて出さなくていいって？

「え、何？　びっくりした〜。」

背後から声が聞こえた。そちらの方に顔を向けると、男女入り乱れた集団が、だらしなくお酒を飲んでる。は、はーん。コンパってやつね。ちょっと、注意してやりましょう。

「ニシさん、ニシさん！」

女が、せっかく重い腰をあげた私の腕を摑《つか》んでくる。やめて、本当に馴れ馴れしいわね。私は思い切り、その手を払った。ぱちんっ！　大きな音が響いて、店内がシンと静まり返ったわ。皆が私に注目してる。ああ、なんか、気持ちいい。

「あんたね、そもそも、私、あんたの小説嫌いなりよ!!」

「え？」

「何なのよっ！　あんたの小説！」

「はあ……。」

私が文学談義をしかけると思って、女は体をこわばらせた。頭が悪いものだから、そういう話は出来ないのね。

「そもそも文学っていうのはねーえ、ものすごく、文学的じゃないといけないのよ！　文学的に、ものすごく深いところで文学であって、そもそも文楽っていうものは！」

「あくたがわっ！」

男が叫んだ。私を応援してくれてるのね。「そうよっ！」私は力強く、彼にうなずいてみせた。そうよ、あなたの言う通りよ！

「私の文学を、あなたにぶん投げてやりたいわ！　私はずっと、ずっとずっとずっと、作家になりたかったんだからっ‼」

女ったら、泣き出しそうになってるわ。何か言い返してみなさいよ、あんたも、作家の端くれなら、何か言い返してみなさいよ！

ぶんらくについて、せいせいどうどう、はなしをしましょうよ！

「……ごめんなさい……。」

女は思いがけず、しゅしょうなところを見せた。私の小説を読んで、どぎもをぬかれたようね。おののいている人をせめたてるほど、私はこどもじゃない。やさしい声で、

「いいのよ。」

って、言ってあげたの。分かってくれれば、いいのよ。女はかんしゃの気持ちのこもった熱い目で、わたしをみあげていた。ああ、いまわたしは、マリアの気持ちになっていた。

わたしは、まりあ。

今夜、てんにめされるの。その運命を、私は受け入れましょう。そして、笑って、天国へ旅立ちましょう。きっとそこには、素晴らしいせかいが、待っていることでしょう。

いつまでも私を見上げている女に、わたしはいった。

「今夜、私は天に召されるけれど、きっとてんせいして、あなたのたましいになりませう。私のぶんがくてきしこうを、しゅわんを、あなたにさずけてあげませ

う。」

　女はとうとう、カウンターの上でつっぷしてしまった。泣いているのね。席を立つと、床がふわふわした。一歩一歩踏み出すと、そのたびにぐらりと揺れる。ああ、てんごくへのみちは、こんな風なのね。このままあの「ＷＣ」というとびらを開けると、キラキラした世界へ旅だつのね。あの、とびら。あの向こうに、てんごくが、あるのね!!

　ノブに手をかけた瞬間だった。力を入れなくても、それはバタムとひらいた。ふいをつかれたものだから、私はつんのめって、まえにたおれた。

　倒れた先に、天国があった。

　そこは、暖かく、少しだけやわらかくて、とても、いいにおいがした。私の死体を、誰かがきっと、見つけたのね。さよなら皆さん、さよならお母さん。さよなら、今まで生きてきたわたし。・・・・・・・・・・・・。

「大丈夫ですか？」

目をつむっていた私は、柔《やわ》らかなその声を聞いた。てんしの声？　それとも？　そっと目を開けると、私の目の前に、とてもきれいなおとこのひとのかおがあった。誰？　彼の眼は私へのあいじょうであかくうるみ、唇は何か言いたげにぬれている。

いったい、だれなの？

「あの……、トイレ、空きましたよ。」

私は、我に返った。扉を開けて倒れこんだのは、おとこのひとのむねだった。そして彼は、恥ずかしそうな顔をして、わたしをだきしめているのだった！　ということは、わたしは、おとこのひとに、だだだきしめられているのだった!!

私は身じろぎも出来ず、彼の顔をもう一度みつめた。くっきりとしたふたえまぶたの眼。すうと通ったはなすじ、そして、形のいいくちびる。胸の鼓動《こどう》が、聞こえてしまうかもしれない。かれは、だれなの？

「あの、すみません、席、戻りますので……。」

彼はそう言って私のかたにてをかけ、体を離した。少しらんぼうなように思ったけれど、きっと、恥ずかしいのね。私も、まだドキドキしてる。ほらこの、むねのこどう、聞こえる？　彼の手を取って、胸に当ててみようと思ったけれど、彼はいみありげなしせんを残して、その場を立ち去った。

私は扉を閉めて、そこにこしかけた。サラサラと小川が流れる音が、耳に心地《ここち》よい。

私の天国は、あのむねだったのね。

ああ、わたしのてんごく！

私は立ち上がった。私の天国に会うために。てんごく、わたしのてんごく、てんごく、てんごく！

とびらをあけると、めのまえに、人がたっていた。かうんたーのはじ、なにかをつぶやいていた、あのおとこ。はいいろのひふ、まっかにちばしったため、ひびわれたくちびる。

かれは、こういった。

「お前、俺のことが見えるのか?」

わたしはそのまま、いしきをうしなった。


「びびったなぁ。あんなタチの悪い酔い方する人、久しぶりに見たわ。」

「覚えてないかもしれないけど、ブラジャー引っ張られてたよ。」

「まじで? 急にアベマリア歌いだしたのが怖かった。」

「いや、俺はお客さんに抱きついて離さなかったときが、一番びびった。お客さんのシャツに、ヨダレべっとりつけてんの。トイレから出て、大声張り上げていきなりこけて、助けに行ったらそのままむくって起きてさ、てんごくって叫びながら走りだすから意味分かんねーよ。」

「まじで?」

「そうよ、合コンしてたお客さんの席に飛び込んで行って、私の天国、天国、て叫びながら、抱きついて。合コン、台無しだよ。イツオさん、こっそり帰って正解だったね。」

「作家目指してるって、言うてなかった？」

「言ってたな。」

「うちの作品、読んでくれてたんやなぁ。うち寝てたけど、耳元で何回も、あなたの作品はいいよ、頑張って、てささやいてきたもん。」

「途中、嫌い、死ねって叫んでなかった？」

「覚えてないけど、そうみたいやな。でも後で、あんなこと言って、メンゴ、て言われた。」

「メンゴかぁ。」

「それよりどうする？　あのゲロと、ニシさん。」

「置いて行こうよ。オートロックのエレベーターだし、大丈夫だろ。」

「だな。置いて行こう。」

「小蠅《こばえ》たかってるで……。あ～……なんか人事《ひとごと》に思われへんわ。」

「行こ行こ。」

「行こうぜ。」

「さよなら〜。」

「さよなら〜。」


ひどい頭痛と、匂いがした。

ゆっくり目を開けると、自分がどこにいるのか、一瞬分からなかった。大きなスピーカーと、お酒が置かれたカウンター、そして棚に並んだ、たくさんのレコード。

「宇田川町って、世界で一番レコード屋が多い街らしいぜ。」

そう言ったのは、誰だったかしら。跳《は》ね起きたら、頭をガツンッと、誰かに殴られたような衝撃が走った。ゆっくり見回しても、誰もいない。ズキズキと痛む頭を押さえていると、今度は猛烈な尿意に襲われた。何なの、これ？　私は倒れそうになりながら、やっとのことで靴を履いた。

「ひいっ。」

履いた瞬間、冷たいものが足に当たったわ。

「臭い……。」

なんてこと。それは吐瀉物《としゃぶつ》だった。絶望的な気持ちになりながら、それでも私は裸足《はだし》で歩いた。ああ、思い出した。ここは昨日、私が最期に立ち寄ったバーだわ。あの作家の後をつけて入った、あのバー。でも今は、あの女も、店員も、誰もいなかった。

WCと書いた扉を開け、便器に腰掛ける。恥ずかしいくらいにお小水が止まらなかったわ。この感じ、何かしら。どこか、懐かしい。私はパニックになりそうな気持ちを抑《おさ》えて、必死で考えようとした。

私は、死んだのじゃなかった？「OH!弁当」の帰りに、急に。そして、そして、そう、死体が見つかるまでは、成仏しないものだから、ここに、宇田川町に来たのだっけ。女を見つけて、後をつけて、ああ、お酒、お酒を飲んだわ。それから、それから……。だめ、思い出せない。

手を洗って、口をゆすいだ。鏡に映った私は、随分とやつれて見えた。これは、私の死体なのかしら？　おそるおそる胸に手を当ててみると、それはトクン、トクンと、規則正しい音を立てていた。そしてまた、懐かしい気持ちになった。この音、どこかで聞かなかったかしら。いいえ、この音を、誰かに聞いてほしいって、思わなかったかしら。

分からない。思い出せないわ。

私はガタガタと震えながら、帰ろう、と思った。とりあえず、帰ろう。そして桜並木で倒れているはずの、私の死体を見よう。確かめなくては。

夢を見ているような気持ちで身づくろいをし、吐瀉物を洗い、私は外に出た。

殺されてから歩く渋谷、というのは、とても不快な街ね。

生きているときから渋谷という街は嫌いだったし、殺されてから歩く街なんて、きっとどこも嫌な気持ちがするでしょうけど、それでも、今この瞬間の私より、悲しくて、苛立っていて、不快な思いを持っている人は、いないと思うわ。それに何なの、この匂い。この腐臭、私の体が、腐りかけている。ああでも、誰も私のことを見ないわ。やっぱり私、死んでいるのね。まだ、死体が見つかっていないってことなのね。

電車は、昼間なのに混んでいた。何人かが私のことを見たように思ったけれど、私がじっと見つめると、何もそこにないような目をして、すうと、どこかを向いてしまった。

女は、そしてあの店員は、どうして私が見えたのかしら。

それとも彼らも、死んでいたのかしら。

桜の木々は、いつものように黒い幹を四方に伸ばし、そこに並んで立っていた。あの淡い緑の葉陰から、月を見上げたっけ。まん丸の、大きな月を。枝がさらさらと揺れて、私を笑ってるみたいだったわ。東京に来て、お前は何をしてるんだって。弁当屋で一日を過ごして、日の目を見ない小説を書いて、汚い部屋でひとり、お前は何をしてるんだって。笑えばいいわ。ええ、笑ってください。

少しずつ、私が殺された場所に近づいてく。

昨日のことを、思い出そうとしてみた。でも、思い出せなかった。女の顔、へらへらと笑っていた、あの阿呆面と、お酒が喉を滑り落ちて行く感じ。それ以外、思い出せない。

何かとても大切なことを、忘れている気がする。

とてもとても、大切なことを。

二股に分かれた道を、左へ。大学のフェンス越しに、トランペットの物悲しい調べが聞こえる。まるでレクイエムのように。あともう十歩も歩いたら、私の死体があるわ。朽ちたツツジの陰に隠れた、私の小さな体。一歩、二歩。私は、目をつむった。三歩、四歩。目をつむっても、見える。無残《むざん》な私の体、夢を叶《かな》えることが出来なかった、不幸な私の体。五歩、六歩。

目を開けた。

枯れかけたツツジの葉。無造作に捨てられている、汚れたペットボトル。ちぎれて飛ばされた、少女雑誌の紙片。

そこに、私の死体は無かった。

私は膝《ひざ》をついた。体が、ガクガクと震えた。死んでいなかった？　私は、殺されたのではなかった？　ああ、昨晩のあれは、何だったのだろう。絶望的な気持ちで歩いた、あの宇田川町の夜は、何だったのだろう。死体のあった場所には、その代わりみたいに、大量の、本当に大量の吐瀉物が、落ちている。

風が吹いた。吐瀉物の、嫌な臭いが立ち登ってくる。目を背けた先で、桜の葉陰がさらさらと揺れる。目に痛くなるほどの光を感じる。

私は、思い出した。

私の、てんごく。

ああ、思い出したわ。私の天国！　大きくて澄んだ目、涼しげな鼻梁《びりょう》、優しさに満ちた唇。私を強く抱きしめた、彼の太い腕と、厚い胸板。

「小説家になりたいの。」

声が聞こえた。それは、私が倒れていた草むらから、聞こえてきた。でも、切実なその声は、私の耳を素通りしていったわ。私は、首を振った。いいえ、いいえ。

昨日、私は死んだのよ。そして、生まれ変わったの。

私は、彼に会うために、生きてきたんだわ。小説家？　そうね、そうね。・・・・・。

二の次！

「私、東京に行く。」

そうよ、彼に会うために、東京に来たの。私、東京に来たの。

私は立ち上がり、歩き出した。風はますます強くなる。私の背を、押してくれているみたい。ありがとう。思わず声に出したわ。なんて、清々《すがすが》しい気分なの。

向こうから、一人の男が歩いてきた。みすぼらしい格好をして、顎鬚を生やし、灰色の皮膚をしている。どこかで見たような気がするけれど、思い出せるような状況じゃないわ。

「私、絶対彼を、ゲットする。」

声に出した。男とすれ違うときだったから、男はこちらを見た。でも、気にしないの。

「ゲットするわ。」

男が立ち止まった。私の方を見てるみたいだったけど、かまわず歩いた。そのとき、男の声が聞こえた。

「強いね。」

私はにっこりと笑い、ほとんど走るようにして、家への道を急いだ。

インドはむりめ

南綾子

南綾子（みなみ・あやこ）
2005年「夏がおわる」で第４回「女による女のためのR-18文学賞」大賞を受賞しデビュー。著書に『ベイビィ、ワンモアタイム』『嘘とエゴ』『夜を駆けるバージン』『マサヒコを思い出せない』がある。

高校の卒業式の日、バドミントン部の仲間の晴美《はるみ》、紀子《のりこ》、美穂《みほ》とわたしの四人で、古い校舎に囲まれた中庭の妙にこじゃれた西洋風のベンチに座り、インコみたいにくっついて泣きながら「結婚してもお母さんになっても、絶対に絶対に友達でいようね」って約束した。

はずなのに。

あれから十二年と数カ月経った今、わたしたちの誰も結婚していない。

「え？　そんな約束したっけ？」

晴美は目にもとまらぬ速さで皿にてんこ盛りになった枝豆を片付けていく。立てた右ひじの横で、「濃い目」と頼んだウーロンハイのジョッキが汗をかいている。「クラスの友達じゃない？　うちらじゃないでしょ」

「そうだよ。ていうかわたし、そもそも卒業式のとき泣いてないし」

焼けたタン塩をみんなに配りつつ紀子が言う。いつも他人の世話ばかり焼いている。

「うそだー。式の間、あんたが肩震わせて泣いてたの、わたし後ろから見てたもん」

四人の中で一番痩《や》せているのに、美穂は一番よく食べる。お金は別で払うからと言って注文した大盛のユッケジャンスープを、ずるずるとものすごい勢いですすっている。

「いいや、絶対にあんたたちと約束した。覚えてない？　写真もあるんだよ。ベンチで並んで撮ったやつ」

「そうだっけ」と三人は一様に首をかしげる。

「そうだよー。たぶん美穂が一番に結婚して、紀子は最後だよねー、とか」

「まあ、ありがちな戯言《ざれごと》よね。そんなもの」

「結婚しても、お母さんになっても、だって。プーッ。結婚できると思ってた自分が恥ずかしいよ」

「本当本当、ありえない」

「ていうかマジでそんなこと言ったかなあ。だって自分がそんなこと口にするなんて、考えられないもん」

「ねえねえ、それよりさあ、卒業式で思い出したけど、三組に前田直子《まえだなおこ》っていたじゃん。覚えてる？　太っててさ、顔もブスなのに化粧こくってさあ、超感じ悪かった女。彼女、知ってる？　逮捕されたんだって」

「えーっ。なんで？」

「それがさあ……」

「お前たち、焦《あせ》ったりしないの」

女のかしましい声の中に突然低く野太い声が混じってきたせいか、いつもわたしが割り込もうとしてもなかなか容易にはいかないのに、珍しく三人は会話をぴたりと止めた。

「あ、達也《たつや》。いつからそこにいたの」

達也はぐるぐる巻きにしたマフラーを外しながら、晴美と紀子をぎゅうぎゅうと押してその隣《となり》に腰かける。

「結構前からここに立ってたよ。お前ら、話に夢中で全然気がついてなかった。あ、すみません、ウーロン茶とレバーください」

「レバーなんていらないけど」と晴美。

「俺のためだけのレバーなんだよ。でさ、お前たち、焦ったりしないわけ？」

「何がよ」と美穂は口を尖《とが》らせる。ユッケジャンスープはとうとう飲み干《ほ》してしまった。

「高校のとき、結婚してもお母さんになっても仲良くしようって約束したんだろ。それなのに三十にもなってそろってこのザマ……」

「ザマってちょっと」紀子が枝豆のさやを投げつける。達也は上手くかわす。

「あんただって同じでしょ。あんたが高校のときにつるんでた男連中、みんなもう結婚してるんだよ。家を買ってる人だっているんだから」

「俺は男だからいいんだ。女子の中には二人目の子供を産んでるやつだっているぞ」

「いいもん。わたし彼氏いるし」

「相手は既婚者《きこんしゃ》だろ」

紀子は子供みたいに頰《ほお》をふくらます。彼女は勤め先の書店の店長と、もう長いこと不倫関係にある。

「わたしだって彼氏いる」

「お前も不倫だろ」

晴美の相手はテレビ局のディレクターらしい。その前は雑誌の編集者だった。彼女はそっち方面の肩書きに弱い。

「わたしは不倫じゃないよ。同棲してるし」

「お前の男の肩書き、アルバイトじゃないか」

「ちーがーいーまーすー」美穂は身を乗り出す。「派遣《はけん》社員ですー」

「お話にならない。お前らみんな最悪だ」

「もう何年も彼氏がいない真樹《まき》に比べたら、うちらのほうがましだって」

その瞬間、四つの視線が一斉《いっせい》にこちらを向いた。わたしは氷で薄くなったグレープフルーツサワーを思わずガブ飲みした。

「真樹はさ、一体どうなりたいわけ?」美穂が言う。「仕事に情熱傾けてるわけでなし、男を作る意思があるわけでなし」

「別に、作る意思がなくはないもん。どうしたいっていうか……このままでいい。このままでいたい」

「あ、わたしも同じ」

「わたしも」

「わたしも、一生このままでいたいわ。何も変わらないでほしい」

みんな、急に黙ってしまった。網の上で誰も手をつけない大きな牛ホルモンが、ぼうぼうと火に包まれていく。

「そうだよな。このままでいられたら幸せだよな」

達也が言うと同時に、店員が彼の頼んだウーロン茶とレバーを運びにやってきた。

わたしたちはいつもどおりさんざん飲み食いしたあと、達也のレバーと美穂のユッケジャンスープと冷麺《れいめん》を別にして、きっちり割り勘した。夜の道を、子猫みたいに身を寄せ合って歩いた。昨日はとてもきれいな月が晴れた夜空に浮かんでいたのに、今日は雲に隠れて星さえ見えない。頬が切れそうなほど風は冷たくて、今年の大みそか、自分はどこで何をしているのだろうとどうでもいいことを考える。

「あ、わたしここでタクシー拾う」

美穂が道路に身を乗り出して手を挙げた。彼女の仕事は銀座《ぎんざ》のホステスなので、この中の誰よりも金持ちだ。というより、彼女以外は全員貧乏人だ。「わたしも乗せて」「わたしも」と、晴美と紀子が続く。

「真樹も乗ってく？　駅まででも」

「ううん。ちょっと歩きたいから」

「いつもいつも遠慮しなくていいんだよ。こいつらだってタダ乗りなんだし」そう言っている間に、タクシーが彼女の前に停まる。「寒いから乗っていきなよ」

「いいの。遠慮してるわけじゃないから」

「わかった。ちょっと達也、あんたしっかり送りなさいよ」

「俺のほうがこいつより体重軽いんだぜ？　こいつが俺を守るべきだろ」

達也の冗談を聞かないで、三人はいそいそとタクシーに乗り込む。あっという間にいなくなってしまった。

わたしと達也は微妙な距離を保ったまま駅まで並んで歩いた。本当なら別々の電車に乗ってしかるべきなのに、わたしたちは同じ電車に乗って同じ駅で降り、同じ道を歩いてわたしのマンションへ向かう。部屋につくと、達也は当たり前のように服を脱いで押入れから自分の部屋着を取り出し、着替える。わたしは二人分のお茶を淹《い》れ、テレビをつけた。

「ニュース見せて」

言いながら、達也は丁寧《ていねい》に脱いだ服をたたむ。洋服屋の店員だけあって、異常なほど手際《てぎわ》がいい。わたしはリモコンを操作して、この時間に放映しているニュース番組を探し、それから軽く部屋を片付けて風呂に入る。その後達也も風呂に入った。わたしがベッドで雑誌を読んでいると、半分濡れたままの達也がそばにやってきて、わたしの髪の匂いを嗅《か》いだ。

晴美、紀子、美穂、そしてわたしの四人は、高校を卒業すると、それぞれ進路は違ったものの揃って上京した。わたしたちの地元は、とくに女子は、結婚するまで親元を離れずにいる傾向の強い土地だといわれている。そんな保守の風に逆《さか》らい東京にやってきてしまったわたしたちは、十八歳の時点で将来の行く末は決まっていたようなものなのだろうと、今年の夏に三十歳になったわたしはしみじみ思う。

服飾の専門学校に通っていた美穂が四人の集まりに達也を連れてきたのは、二十歳のときのことだった。同じ学校に二年も通っていたのに互いにずっと気がつかず、別の友人に紹介されてはじめて知ったと言っていた。達也は高校の頃から社交的で顔が広かったので、四人ともそれぞれ少なからず交流があった。その日から、わたしたちの集まりに彼も参加するようになった。

達也は特別ナヨっとしたルックスをしているわけでもないのに、三人の姉に溺《でき》愛《あい》されて育ったせいか妙に中性的なところがある。美穂が今の彼をヒモにする前は、終電を逃したときなんかにしょっちゅう彼女のところに泊めてもらっていたようだし、五人で温泉にいってみんなで一つの部屋に泊まったことが三回ある。だからわたしたちといると、ときどき彼はゲイの人と間違われる。一時期わたしたちの間でも疑惑が出たことがあった。わたし以外の三人は、今でも少し疑っているようだ。

今から約二年前、たまたまお互いの勤務先が同じ商業ビルの中に入っていたので、達也とわたしはよく一緒にお昼ごはんを食べていた。わたしの二十八度目の誕生日が、すぐ目前に迫っていた。わたしたちは基本的にお誕生日会を開く習慣がなく、プレゼントも贈り合わない。だから達也が、彼のお気に入りのプラダのバッグから小さな包みを取り出したとき、何かの冗談かと思った。

心底くだらないもの、例えば旅先によく売っている地名入りのちょうちんとか、セックスハウツー本セットとか、わたしが変な顔をしてうつった写真を引き伸ばして額《がく》に入れたやつとか。そんなものを出してからかうつもりだろうと確信した。しかし、両手で包んでちょっとあまるぐらいの箱から姿を現したのは、わたしが好きなブランドの、カップ&ソーサーだった。

あまりにベタで、あまりに真剣なセレクション。こんなの真面目すぎる。わたしたちにはそぐわない。どんな言葉を発すればいいかも、どんな顔をすればいいかもわからなかった。しかも達也が「本当はアクセサリーとかのほうがいいかと思ったんだけど」なんてことを言うので、ますます困惑《こんわく》した。

けれどその後、彼からの愛の告白があったとか、あるいはわたしが友達のままでいよう、なんてことを言って泣いたとか、そういう劇的なことは一切《いっさい》なく、わたしは普通にプレゼントを受け取り、いつもどおり昼食を済《す》ませると、別れた。

達也の意図はわからずじまいのまま終わった。

わたしの勤め先が変わってからも、こっそり連絡をとりあって、二人で会い続けた。他の三人には黙っていた。だって、絶対にあの子たちはやんややんやとからかってくるだろうし、もう五人では集まれなくなってしまう。集まれないこともないのかもしれないけれど、今まで通りの関係ではいられない。そもそもわたしたちは付き合っているわけじゃない。少なくともわたしはそんなつもりはなかった。だから、できる限り表面上はこれまでの状態を維持《いじ》すべきだと思った。

何かの折に、二人の間でそんな話題になって、わたしは自分の考えを正直に彼に伝えた。「ていうか別に、この先、付き合う気もないし」。確かそんなことも言った。だって本当にそう思ったし達也も同じ考えだと思った。デートはしていたけれど、セックスはしてなかった。好きだとも、付き合ってとも一度も言われていない。ただ、なんとなく二人でいる。とくに理由はない。

そのときの達也が、どんな顔で何を言ったのか、はっきり覚えていない。とにかくわたしたちは、二人で会うけど付き合っているわけじゃない関係である、という点において合意形成した。その日の夜、わたしたちははじめてセックスをしたのだ。

「お前、煙草《たばこ》やめないの」

闇に向かって煙を吐き出すと、隣で達也がつぶやいた。眠っているとばかり思っていたのでどきっとした。

「やめろよ、いい加減。もう十年以上吸ってるだろ？　お前の肺は真っ黒だな。女のくせに、あーやだやだ」

「酒も煙草もダメなんて情けない男のほうがいやだし」

達也は頭の下で腕を組む。わたしはベッドを抜け、短くなった煙草を消し、新しいものにまた火をつけベッドの端に座る。

薄い闇に、赤い小さな明かりが瞬《またた》いて消えた。煙は生き物みたいにゆらゆら動く。

「そんなに吸い続けてさ、いざというときにやめられるの？」

「やめる気ないもん」

「子供ができたらやめなきゃまずいだろ」

思わず彼を見下ろした。達也は瞼《まぶた》を閉じて、なぜかニヤついている。

「あんたさ、最近妙にそういう話をすることが多いけど、どうかしたの？　この間も言ってたじゃない。結婚資金貯《た》めたほうがいいとかどうとか」

「だってお前、お見合いするんだろ」

「だーかーらー、お見合いなんかじゃなくってさ、ただの紹介だってば」

「お前、その歳で異性を紹介されるっていうのはさ、名目はどうであれ、もうお見合い以外の何物でもないんだよ」

今の職場の上司に、別の支社にいる同僚を紹介したいと言われたのは、達也とはじめてセックスしたのとちょうど同じ頃だった。契約社員という立場上、上司との余計なトラブルを避けたいわたしは、断るわけでもなく快諾《かいだく》するわけでもなく、曖昧《あいまい》な言葉と笑顔でなんとなくその場をやりすごした。受けても受けなくてもこの手のことはリスクが大きい。男がいると思われたのかしばらく音沙汰《おとさた》なかったのに、先週になって突然、近日中に二人を引き合わせたいと、わりと強めに打診された。

相手の人のことをわたしは知らない。でも向こうは知っているらしい。いつかの飲み会で一緒になったことがあるそうだ。全然記憶にないけれど、周《まわ》りの人の話によると「どうして彼がこの歳まで独身でいるのかわからないほど、いい男」なのだという。上司があれだけ強く薦《すす》めるということは、きっと彼の、わたしに会わせてほしい、という意向が強いということでもあると、わたしは勝手に思っている。

別にわたしは浮足立《うきあし》っているわけじゃない。周りはチャンスだなんだと言うけれど、何のチャンスだよ、と思っている。わたしは何にも期待していない。何かいいことがあるとも思っていない。

「相手、すごくいい男なんだろ。トントン拍子《びょうし》に進んでさ、年内に入籍ってこともあるんじゃないの」

「あんたね、来月はもう師走《しわす》だよ」

「だから、スピード結婚だよ」

こんな冗談を言うのは、あるいは不安の裏返しだろうか。達也はいつもひょうひょうとしていて、何が冗談で何が本気なのかよくわからないところがある。

あの誕生日プレゼントだって、どういう意味があったのかいまだに不明なままだ。わたしのことが好きだからなのか、それともただの思いつきで、特別な理由はなかったのか。

直接聞けば済むんだろうけれど、聞いたところで真面目な答えが返ってくるかわからない。彼はそういう人だ。

だからわたしも、二人のことについて真剣に考えるのはもうやめにした。

「でもさー、先のことなんて本当、どうでもいいんだけど」わたしはまた煙草を消す。携帯で時間を確かめる。午前一時。「案外こういうありがちなきっかけで、結婚しちゃったりするのかな」

本当は全然そんなことを思ってないのに、言った。達也はふっと鼻で笑って「しらね」とつぶやいて寝がえりをうつ。

彼を見た瞬間、「あ」と口の中で音がはじけた。

確かに一度会ったことがある。下戸《げこ》をみんなにからかわれて、無理やり巨峰《きょほう》サワーを一気飲みした挙句《あげく》、飲み会がはじまって三十分もしないうちに腐《くさ》った大福のように丸まってつぶれていた人だ。

その人、三十五歳で係長で背が高くて痩せていて鼻の下にでかいほくろのある長瀬《ながせ》さんは、やっぱり下戸で、いきなりウーロン茶を頼んだ。上司の木村《きむら》さんは今年の健康診断で出た尿酸値《にょうさんち》が痛風《つうふう》の一歩手前だったらしく、ものすごくさみしそうな顔をしてレモンサワーを注文した。わたしは遠慮せず、生ビールを、しかも大ジョッキで飲む。

確かに長瀬さんは、この歳まで独身でいるのが不思議なほど、笑顔の素敵な紳士だ。でも虫みたいに無口だ。木村さんが一生懸命に彼に話をふるけれど、「そうですね」と答えるのが関の山で、おおむね「はあ」とか「えっ」とか「まあ」とか感嘆詞《かんたんし》しか口にせず、もしかすると五文字以上の言葉をしゃべったら死ぬという恐ろしい病気にかかっているのかもしれないと、わたしはくだらないことをうわの空で考える。

「池《いけ》ちゃんは、うちで働いて何年だっけ」

いつのまにか木村さんはレモンサワーからホッピーに変えている。長瀬さんのウーロン茶は半分も減っていない。

「ええと、二年とちょっとかな」

「うちにくる前はどこで働いてたんだっけ」

「派遣会社に登録して、派遣ＯＬやってました。携帯電話会社のコールセンターとか、保険会社の入力の仕事とか」

「学校出てからずっと派遣？」

「いや、若い頃は、カフェでバイトとかもしてたかな」

「もし万が一、次の契約は更新しませんって会社から言われたらどうするの」

ちらりと長瀬さんを見る。こんな話を聞いて楽しいだろうか。世話焼きジジイを自《みず》らかってでたんだから、木村さんはもう少ししっかりしてほしい。さっきからわたしに対してつまらない質問ばかりしている。

「とくに考えてません」

「実家に帰るとか？」

「あーそれはないです。問題がおこらない限り一生帰らないですね。たまの帰省はしますけど」

「問題って、そういう予感はあるの？　ご両親が病気とか」

「今のところは特に。上に兄と姉がいるんで、家のことでわたしに何かの責任が回ってくることはないと思うんですけど」

「今は一人暮らしだよね。料理はするの？」

ああそうか。これはお見合いなのだ。木村さんは彼の代わりにさぐりを入れてきているのだ。

「するといえばしますけど、平日はめんどうなんで、出来合のお惣菜《そうざい》が多いです」

木村さんの右の眉がぴくりと動く。お前もっと積極的に自分を売り込めよ、とでも言いたげだ。

「一人だと、食材も余っちゃいますしね」

長瀬さんがはじめて長文をしゃべった。わたしは思わず目を見張る。

「まともな料理を作ろうとすると、どうしても量が多くなってしまったりしませんか」

「ああ、わかります。たまにはりきって煮物なんか作ると、二日も三日も同じもの食べることになっちゃったりして」

言いながら、しまった、と思う。煮物を作れるなんて、なんか変なアピールをしているみたいだ。

「まあそんなもの、年に一度作るかどうかなんですけど。普段は本当、お惣菜かコンビニ弁当なんで。お菓子だけで晩御飯済ませちゃうこともありますしね。ひどいでしょ」

「いや、池田《いけだ》さんはそう言いつつ、本当はとてもきちんとしている人です」

長瀬さんは優しく微笑《ほほえ》みつつ、こちらが戸惑《とまど》うぐらい断定的な口調で言った。

「僕にはわかります」

木村さんも意外そうな顔で彼を見ている。わたしはなんとなく、恥ずかしくてうつむいた。

二時間ほどで店を出た。木村さんがタクシーを拾ったので、わたしも一緒に乗り込もうとしたら、「これは俺だけの」と言いきられ、おいてきぼりをくらった。

「今日はまだあたたかいですね」

駅に向かって歩き出して三分ぐらいたったとき、それまで黙りこくっていた長瀬さんがぽつりと言った。

「そうですか?」

「え?」

「いや、十分寒いし」

長瀬さんは頬をこわばらせ、機械じみた動きで顔を正面に戻す。感じ悪い女だと思われただろうかとドキドキしていると、彼はぷっと噴き出した。

「池田さんって、面白い人ですよね」

「えっ。どこが」

「いや、こう……すごく正直なところ、というか。思っていることをそのままはっきりおっしゃいますし」

それはあなたに気がないからだ、と思ったけれど、さすがのわたしもそこまで正直者にはなれない。

「実を言うと、木村さんに強引に連れられて、他にも何人かの女性とお会いしたんすよ。別に僕は結婚を焦ってるとか、そういうんじゃないんですけど、なんか妙に心配されているみたいで」

長瀬さんは視線をぎょろぎょろと激しく動かしながら話し続ける。

「どの人もいい人だし、僕にはもったいないぐらいきれいな人もいたんです。でも、なんというか、女性ってよくわからないですよ。この歳でこんなこと言ってる時点でダメなのかもしれないですけど」

「よくわからないって？」

「だから……何を考えているのかよくわからないというか。その場では会話が盛り上がって、いい感じなのかなと思ったら、あとであっさりお断りされたり」

まあそういうことはよくある話だろう。心の中ですでに答えが出ていても、初対面の席ではなかなかはっきりとは言えないものだ。回答を後回しにするのは、その人の優しさでもあるのに。

「でも、池田さんってそういう、意味のない取り繕《つくろ》いというか、そういうことは一切しなさそうで、すごくいさぎよい感じがしますよね」

だからそれは、あなたになんと思われても平気だからであって。

「よかったら、もう一度二人で会えませんか」

長瀬さんはぐるっと勢いよくこちらを振り返って言った。わたしは歩みを止められず、額《ひたい》から彼の腕にぶつかってしまう。

「おおっと」わたしはわざとおどけて言う。「びっくりした」

顔を上げると、長瀬さんはとても真剣そうな目でこちらを見ていた。どう返事をしようか迷いながら、ああ、わたしはこんなふうにして結婚するのかな、と全然そんなふうに思えないけれど無理矢理《むりやり》考えてみる。


出社してすぐ、隣の席の望月《もちづき》さんがここだけの秘密と言ってこっそり教えてくれた、「次の契約更新はないらしい」という話は、たった半日で社内にいる全契約社員の耳に届いた。昼休みの食堂はどのグループもその話題で持ちきりだった。仕事中にこっそり求人サイトを覗《のぞ》き見し、焦りをあらわにしている人もいれば、「みんな大変ね」なんて眉をひそめるだけで、ほとんど他人事《ひとごと》みたいな顔をしている人もいる。わたしはどちらでもなかった。いつそういう日がきてもおかしくない立場にいるのだ。万が一のためにある程度の蓄《たくわ》えはあるし、無職になる覚悟は常にできている。

その日の午後、仕事中に木村さんから呼び出しを受けた。契約更新の話はいつも彼が個別にすることになっている。どうやら今回はわたしが先陣を切ることになるようだ。同僚たちの不安げな視線を背中で感じながら、彼に続いて打ち合わせ用の小会議室に入った。

「まあわかってると思うけど、契約についての話だ。とか言って、ついこの間、次の契約なかったらどうする、なんて聞いたばかりでアレなんだけどさ」

小さな円卓の、窓に一番近い位置に座ってすぐに木村さんは言った。わたしは真向かいの席に座りながら、一瞬何のことかわからずにぽかんとして、すぐに、先月のお見合いのときのことを言っているのだと気がついた。

「あれから一カ月たつけど、長瀬とは今でも連絡取りあってる？」

「えっ。あ、まあそれなりに」

「ああ、そう。で、さっそく本題に入るけどさ、今後うちとしては、契約社員の数を極力減らす方向になりそうなんだよ」

ここをやめてしばらくはのんびりするとしても、いずれはまた就職活動をはじめなければならない。覚悟はできているとはいえ求人情報をチェックして電話して履歴書《りれきしょ》を書いて写真をとって、と必要な手順を思い浮かべるとやっぱり気持ちがどんよりした。正直、三十になってまでこんなことをしているとは思わなかった。そして、いつまでこんな日々を過ごすのかと思うと、情けなくて大げさでなく少し死にたくなる。少しだけ。

「うちの部署にいる人たちは、ほとんどが今期で契約終了になる。そこでなんだけど、池ちゃん、前に言ってたよね？　うちで正社員になりたいって。もしまだ君にその気があるのなら、どう？　正社員にならない？」

「まじっすか」願ってもない話に、瞬間、頭が真っ白になった。正社員。まさか自分の人生に、そんなものになる機会が訪れるなんて。奇跡がおきた。

「うん。ただ、一つ条件があるんだ。別の部署に異動してもらわなきゃならない。というか、中国にいってもらうことになる」

「ああ、そういうことですか」

ため息と一緒に言葉がこぼれた。

大手メーカーであるわが社には、他国にいくつか工場や支社がある。その一つである北京《ペキン》支社で、中国語に堪能《たんのう》な日本人女性秘書を募集しているという話は以前から聞いていた。

「実は採用が決まっていた人が妊娠で辞退しちゃってさ。一応試験はあるけど、俺の推薦《すいせん》があれば、通りやすいと思う。大丈夫、池ちゃんの有能さは俺が一番よくわかってるから。急な話で悪いんだけどね」

確かにわたしは大学で中国語を専攻した。自分でもなんで中国だったのかよくわからない。大学受験の数年前、父親がよくニュースをみながら「これからの中国経済はヤバイ」みたいなことを言っていて、それに影響されたのかもしれない。学生時代は何度か北京に滞在《たいざい》したし、中国人と結婚することになった友人の披露宴《ひろうえん》に出席し、中国語でスピーチをしたこともある。しかし、全て遠い昔のことだ。ここ数年、中国どころか関東から一歩も出ていない。

向こうでの勤務年数は未定。手当は決して悪くなく、豪華な設備が整った寮に格安で入ることもできる。木村さんによると、北京支社で働く日本人女性スタッフのほとんどが、現地でお金持ちの実業家と知り合い、玉《たま》の輿《こし》にのっているそうだ。

どこまで本当なのかはわからないけれど、自分にとって悪い話ではないらしいということだけは、なんとなくわかる。

「あんた、それって悪い話どころか、明らかにチャンスじゃない」

退社後、カフェで待ち合わせた美穂に今後の身の振り方を相談したら、開口一番でそう言われた。

「えー。だって、中国だよ？　超遠いよ」

「誰にでもすすめるわけじゃないんでしょ？　あんたの実力が買われたんじゃないの？」

「違うよ。自分の手元から中国勤務者を出せば、それが手柄《てがら》になるんだよ。それだけのこと」

「でも、それ引き受けなきゃ契約終了なわけでしょ？　いいじゃない。まあこんなふうにしょっちゅう会えなくなるのは寂《さび》しいけどさ、お正月と夏休みぐらいは帰ってくるんでしょ？」

そんなのやめなよ、なんて言ってくれるものと期待していたわたしは、なんだかがっかりするような、それでいて恥ずかしいような心持がして、美穂の顔をまともに見ることができない。

「あのさ、まだみんなには話してないんだけど」片手で携帯電話をいじりながら、美穂はつぶやく。「わたし来年、大分にいく」

「ああ、別府《べっぷ》の温泉めぐり、いきたいっていってたもんねえ」

わたしは頬杖《ほおづえ》をつき、窓の外を見る。イルミネーションが施された通りを大勢の人が行き来している。今視界にうつる人々の中で、わたしより収入の低い人は一体何人いるだろうと考える。

「そうじゃなくて、大分に住むの」

「は？　なんで」

「彼のお父さんが入院することになって、家業を手伝わなきゃならないんだって。まあ、いずれこういうときがくることはわかってたからさ」

「じゃ、結婚するの」

美穂は寂しそうにうつむいて首を振る。「向こうの親にホステスはダメって反対されてて、すぐは無理」

「それにしても大分って……こりゃまた随分《ずいぶん》と」

「遠いよね」

「いや、距離的な問題でもなく」

「じゃあ何的な問題？」

「えっと……田舎《いなか》的な？」

「でも一応、大分市内だよ。大分駅前にはビルいっぱい建ってるよ。パルコはつぶれたけど」

四人の中で一番の浪費家であり、流行ものが大好きで、学生時代は毎晩クラブに通い倒していた美穂のような女が、東京からはるか離れた過疎《かそ》の進む地方都市での暮らしに、はたして満足できるのだろうか。とてもそうは思えない。

「ねえ、それしか選択肢はないわけ？　男なんてほかにいくらでもいるわけだし、今の彼にこだわらなくても」

美穂は眉尻をさげ、どことなくこちらを哀れむような表情になる。「もうそういう夢みたいなことは、言ってられないっていうか」

そのとき聞きなれた声が耳に入り、わたしたちはそろって店の入り口を振り返る。紀子と晴美はこちらに気がつくと、ほっとしたような顔になって手を振った。二人の頬の赤さから、外気の冷え込みが想像できる。

「超寒いよ、外。マジで。もうさ、ここでご飯にしちゃわない？　この店、食べるものもたくさんあるよね。あ、わたしタコライス食べたい。おいしいよねー」

ものすごい早口でまくしたてながら、晴美は防寒具《ぼうかんぐ》もとらずあわただしくメニューを広げる。晴美はわかりやすい女だ。うしろめたいことがあるときは挙動不審になる。紀子がそんな晴美を見つめながら、意味ありげににやにやしている。

「晴美ねー、新しい彼が出来たんだって」

「えー、マジでっ。不倫卒業じゃない。おめでとう」

美穂にそう言われても、晴美はメニューから顔をあげない。しかし顔が真っ赤だ。

「しかもね、その彼と知り合った経緯がすごいの。なんとね、お見合いだって」

「うそ。あんたいつの間にそんなもん……」

「いや、親がね、どうしてもって言うから、まあ仕方なく相談所みたいなところに入会したのよ。自分としては全然本気じゃなかったんだけど、なんかとんとん拍子でいろいろ話が進んじゃってさ」

「結婚するの？」

思わずわたしは身を乗り出して聞いた。

「それはまだわからない。向こうもまだ三十代の前半で、それほど急いでるわけじゃないみたいだし。ていうかさ、紀子だってみんなに報告することあるでしょ」

「何それ、言いなさいよ」美穂は紀子の煙草を無断で一本抜き、火をつける。

「別に報告ってほどでもない。ただ、店長と別れた。それだけだよ」

ふっきれたような口ぶりとはうらはらに、彼女の二重瞼《ふたえまぶた》の大きな瞳は、今にも溢《あふ》れ出しそうなほどうるんでいる。数秒、わたしたちは黙りこくる。

その後、美穂がわたしの代わりに中国転勤の打診のことと、自分の大分転居について二人に報告した。

「なんかさー、今のわたしたち、人生の転機って感じじゃない？　しかも三十になった途端、四人ともほぼ同時に」いつも大げさな物言いをする美穂が、やっぱり大げさに言う。「四人で集まる機会ももうあとわずかかもしれない。だって真樹は中国だよー、遠いよー」

「ちょっと、わたしは決めたわけじゃ……」

「だったらさ、今のうちにみんなで旅行いかない？」紀子が提案する。「場所はハワイでいいよね。前々からいきたいって話してたし。じゃあ、幹事は真樹ってことでよろしく」

「えっ。なんでわたし？」

「あんた、前に旅行代理店勤めてたじゃない」

「そうだけど……、で、達也はどうする？　誘う？」

三人は虚《きょ》をつかれたような表情になって、顔を見合わせる。なにかおかしなことを言っただろうかと不安になる。いちいち聞くことではなかっただろうか。そうだとして、それは誘って当然という意味だろうか。あるいは……。

美穂がわたしの顔面に、煙を思いっきり吹きかけた。

「あんたさ、バレてないと思ってるわけ？」

そのとき、テーブルの上に出してあった自分の携帯がぶるぶる震えだし、あわてて手で隠した。液晶画面に表示された「着信　達也」の文字を、三人に見られたかどうかはわからない。

「お前、なんで電話に出ないんだよ」

責めるような声は、なんだか無性に遠く聞こえた。家に着いてからまだ三十分もたってないのに、もう五本も煙草を吸っている。部屋が白くけぶっていて、目が痛い。

「今夜会う約束だったろ？　何か用ができたのなら、メールなりなんなりすればいいじゃないか」

あの後、これまでのことを三人にしつこく追及された。最初に気がついたのは紀子で、わたしと達也が二人きりでいるところを短期間に何度も目撃したことがきっかけとなり、ひそかにこちらの動向を探っていたのだという。わたしは三人の質問をことごとくはぐらかし、はっきりとしたことは何も口にしなかった。その場は紛糾《ふんきゅう》状態となり、美穂は怒って先に一人で帰ってしまった。

だって。二人の間でさえ答えが出ていないのに、他人にどうやって説明すればいいというのだろう。

「ごめん、達也」

「あ？　ごめんって、俺がなんで怒ってるか……」

「ごめん、ちょっと用事があるから。今夜はもういけない。またね」

何事かを叫ぶ達也を無視して電話を切る。すぐに別の番号を呼び出した。

「もしもし」彼はいつもどおり、三秒とかからず電話に出る。「どうしました?」

出会ってから約ひと月がたち、何度も電話で話をしているし、二度、二人きりで食事をした。それなのに長瀬さんはいまだに敬語を遣う。真面目な人柄がでているとも言えるし、そういう不器用さが婚期を遅らせているのだなと、自分を棚に上げて思う。

「いや、別にどうしたってわけじゃないんですけど。何してるかなーと思って」

「うれしいな、そういう電話」

長瀬さんは実家暮らしだ。そのせいか、声が抑《おさ》えられている。

「あの、それで、長瀬さん、この間の件についてなんですけど……あの件」

電話の向こうで、彼が難しそうな顔をしているのが目に浮かんだ。先週の二度目のデートのとき、結婚を前提《ぜんてい》に付き合ってほしいと言われた。彼がわたしの、どこをどんなふうに気に入ってくれたのかよくわからない。わたしたちは決してそりが合わないわけではないけれど、特別気が合うわけでもない。長瀬さんの趣味は山登りとバス釣りで、わたしは基本的に田舎と人間以外の生物が苦手だ。

「わかりますよね？　あの、あの件、あの……お引き受けします」

言った瞬間、自分でも不思議なぐらいほっとした。振り子のようにゆらゆら揺れていた心を、誰かの手でがしっと摑まれたような気分だ。今日あったいろいろなこと、契約のこととか中国のこととか、達也のこととか、そういうめんどうくさいようなわずらわしいようなことが、片付いたわけではないけれど、目の前から少しだけ遠ざかった感じがした。

これが自分にとって、一番いい選択なのではないか。美穂の言っていた、夢みたいなことがどうこうっていうのは、きっと、こういうことなのだ。

翌日、さっそくわたしたちは会うことにした。おいしいイタリアンのお店、と言って彼が連れて行ってくれたのは、彼の職場の近くに建つオフィスビルの一階に入っている有名店だった。前回は同じビルの地下一階にある高級和食店で、前々回はその和食店の向かいのとんかつ屋だった。

わたしたちはいつもどおり、おだやかに食事をした。特別会話が盛り上がるわけでもなく、だからといって気まずい沈黙に陥《おちい》るわけでもなく。当たり障《さわ》りのない冗談をときどき口にしながら、愛想笑いと本気笑いのハザマをうろうろする。結婚ってこういうことなのかもな、と全然そんなふうに思えないのに無理矢理思ってみたりする。

デザートも食べ終え、食後の一服をしているときだった。長瀬さんが突然、難しそうな顔になって居住まいを正した。

何か真面目なことを言おうとしているらしいと察したわたしは、それに気がつかぬふりをして、まだ熱い紅茶を大量に口に含んで飲み下す。

「真樹さん。あの、あの件。結婚を前提にっていう件です。あの、ＯＫってことで、考えていいんですよね？」

いいんですよね？　わたしも心の中で自分に問う。いいんですよね？　わたし。

「いいです」

「よかった」長瀬さんはほっとしたような笑顔になる。「やっぱりやめます、なんて言われたら悲しいから」

　返す言葉が思い浮かばず、わたしはなんとなく、へなーっと笑う。

「それで、もうお互い若くないし、あまりダラダラと……っていうのは変かもしれないですけど、意味のない恋人期間っていうのは必要ないと思うんです、僕」

「はあ」

「来年には、籍を入れませんか」

「えっ」

　手が滑《すべ》って、カップがソーサーの上に落ちた。飴《あめ》色の液体が、わずかにたぷんと波打つ。

「来年の、できれば八月までに」

「いや、えらく、その、急ですね」

　長瀬さんはなぜかとっても不思議そうな顔になる。不服そうでもある。事実上のプロポーズに対するわたしの反応がイマイチなことが、ご不満のようだ。

　だって、いくらなんでも先を急ぎ過ぎていやしないだろうか。そう考えて、いやそんなことはないかもしれないと思いなおす。彼の言うとおり、わたしはもう若くない。彼のどこが好きだとか、自分のどこが好かれているとか、そんなこと考えている場合じゃないのだ、きっと。

「あ、あの、別に嫌なわけじゃないんです。ただ、突然言われたんで、びっくりしたっていうか」

われながら、その言い訳めいた口調が情けなかった。

「ごめんなさい。唐突《とうとつ》過ぎましたよね。でもこちらにもいろいろ事情があって……。実は僕、来年にもインドに転勤するんです」

一瞬、インドという単語の意味がわからなくなる。インド、インド、インド……。なんかこう……でっかい感じ？　悠久《ゆうきゅう》な感じ？

「最短で三年、最長で五年、またはそれ以上。前任者の話によると、けっして住環境は悪くないみたいです。駐在者の奥さんなんかは、帰国を嫌がる人も多いみたいですよ」

要するに、一緒に来いということか。

「海外勤務ははじめてじゃないんですけど、実を言うと、今回ほど長いものは未経験だし、この歳だし、正直一人で乗り越えられる自信はないっていうか。でも、真樹さんみたいな明るい方となら、慣れない土地でも楽しんで暮らせそうな気がして」

はたしてこの人は、自分の言葉で話しているのだろうか。わからない。結婚相談所の人にでも作ってもらったかのような教科書通りの誘い文句だと思った。

脳裏《のうり》を、言葉がぐるぐる回りはじめる。日曜の晴れた空にうかぶ飛行船みたいに。ぐるぐる。ぐるぐる回る。

めんどうくさい。

めんどうくさい。

めんどうくさい。

インドとかめんどうくさい。だって遠いよ。言葉もわからないし、今さら勉強とかしたくないし。どれだけ豪華なマンション住まいであろうと、メイドがいようと、悠々自適《ゆうゆうじてき》な専業主婦生活が送れようと、それに至るまでにあれこれ行動するのがめんどうくさい。そもそも結婚自体が猛烈にめんどうくさいのだ。きっと長瀬さんの家はちゃんとした家だ。うちみたいな下町の自営業とは違う。お姑《しゅうとめ》さんに気に入られるためにしなければいけないあれこれ、結婚式や披露宴に関するあれこれ、籍を入れて、免許証やパスポートの名前を変えるあれこれ、ああ全てが鬼のようにめんどうだ。

やっぱりこのままのほうがいい気がする。このまま、何も変わらずにいることと。三十で、仕事も失いそうで、真面目につきあってくれる恋人もいないけれど、そのぐらいのショボさが身の丈《たけ》にあっている。

めんどうくさいことはしたくない。

気がつくと、わたしは公園にいた。

左手に大きな噴水《ふんすい》がある。周囲ではさまざまな距離感のカップルが、とぼとぼ歩いたり、ベンチでぼんやりしたり、している。視線を移すと、ベルトコンベアーみたいに車を流し続ける夜の道路が見えた。

長瀬さんはわたしの二歩ぐらい前を歩いている。わたしが歩みを止めると、彼も立ち止まってこちらを振り返った。

「さっきから何を考えてるの?」

噴水の明かりが逆光になって、彼の表情が読み取れない。低い声は、どことなく怒っているように聞こえた。

「どうして?」

「だって、ずっと黙りこくってるから」

「ああ」わたしは意味もなく、自分の手の平を見る。「あの、さっきの件なんですけど。あの件」

「どの件?」

「いや、だから、あの件です。インドの件」なぜか顔を上げられない。「申し訳ないんですけど、やっぱり、わたしには、インドはむりめ、っていうか。インド語しゃべれないし、英語だってしゃべれないし、料理もできないし、家事も苦手だし、わたしなんかより、もっとふさわしい人が他にいると思うんですけど」

ジャージャーと騒がしかった水の音がぴたりと止み、同時に噴水の白い照明も落ちた。明かりといえるものは街灯と道路の光だけになった今、彼の表情がくっきりと見えた。

目が、イノシシみたいに吊《つ》りあがっている。

「どういう意味？」

「どういう意味って、だから」

じりじりとこちらに近づいてくる。わたしは少しずつ後ずさる。

「俺の申し出を断るの？」

「そんな大げさなことじゃなくて」

「そういうことだろ」

肩を小突《こづ》かれた。力が強い。

「えっ。ちょっと」

「お前ごときが、俺のことをふるわけ？」

「ごときって」

「何さまだよっ。相手にしてやっただけでも、ありがたいと思うべきだろ」

再びぶわーっと水が噴きあがる。白い光がいっぺんに灯り、一瞬何も見えなくなる。

その明るい闇の向こうから、大きな手が二本伸びてきた。そしてあっと思う間もなく、わたしはどぶんと、池に放たれる真鯉《まごい》のようになすがまま水の中に落ちた。

「お前みたいなブス、こっちから願いさげだ」

捨てゼリフがかすかに聞こえた。耳がだんだん遠くなっていく。思いのほか、そこは深かった。わたしは顔まですっぽり水に包まれながら、水面の向こうで、幻のように光が白く揺れるのを見る。それを縁《ふち》取る夜は暗い。水は恐ろしいほど冷たくて、もう手足が動かなかった。このまま自分の体は凍るんじゃなかろうかと考えつつ、わたしは気がつく。

彼はきっと、この女ならイケる、と思ったんだろう。わたし程度の女なら、無条件で自分のプロポーズを受け入れると思ったんだろう。非正規雇用者で貧乏人で特別きれいでもないわたしは、彼にとって難なく乗り越えられるはずの低いハードルだった。そんなものに足をすくわれたりしたら、そりゃ腹が立つというものだ。噴水に突き飛ばしたくなる気持ちもわからないではない。

だって、わたしも同じだから。

わたしも、気がつけば、助走なしでも越えられる低いハードルばかり選んでいた。できるだけ苦労しなくてもいいように、辛《つら》い思いをしなくてもいいように。

それで、たどりついたのがこの水の中。

あの頃、結婚してもお母さんになっても、絶対に絶対に友達でいようねって、仲間たちと誓い合ったあの頃が泣けるほど遠い。いつからわたしはこうなってしまったのか。

ぶくぶくぶくと音がする。噴水で溺死《できし》って、なんて間抜けな死に方。

そのとき突然、手首を何者かに摑まれた。強引にひっぱられ、ざぶんと水面を突き破る。

「お前、何やってるんだよ」

たつや。そう言いたいのに言葉にならなかった。というか、寒さで口が硬直《こうちょく》して動かない。

「よっぱらって飛び込んだの？　勘弁《かんべん》してくれよ、見せものになってるぞ。なんだか騒がしいなあと思ってきてみたら、まさか自分の知り合いがこんなことに……」

違う、と言いたいのに言えない。まつげが濡れて、視界がキラキラして、達也の顔がやけにまぶしかった。

掘り起こされる芋《いも》のようにして、わたしはずるずると噴水の外に出る。人々が遠巻きにこちらを見ているけれど、それに構っていられないほど寒い。死にそうだ。もちろん長瀬さんの姿はもう見えない。

「なあ、お前どうするんだよ、そんなずぶぬれじゃタクシー乗れないし。美穂に迎えにきてもらうか。それまで待てる？」

鼻水をすすりながらうなずくと、なぜか涙がこみ上げた。わたし中国いく、と言おうとしてやっぱり言葉にならない。本当のところ、まだ少しめんどうくさい。まだ決意はできない。でも、半歩ぐらいは先に進めそうな気がする。

達也がわたしの濡れた髪を撫《な》でた。その指は温かくて、鼻水がはずかしいぐらいずるずると溢れた。

残業バケーション

柚木麻子

柚木麻子（ゆずき・あさこ）
2008年「フォーゲットミー、ノットブルー」で第88回オール讀物新人賞を受賞。同作を含めた短編集『終点のあの子』でデビュー。著書に『嘆きの美女』『早稲女、女、男』（小社刊）『王妃の帰還』などがある。

1

川俣歩《かわまたあゆみ》が同じチームの種田一郎《たねだいちろう》くんと初めて仕事以外の会話を交《か》わしたのは、八月の営業戦略会議の二日前だった。

シュレッダーの上の掛け時計は夜十一時をとっくに回っているのに、外苑前の蝉《せみ》の鳴き声はやまなかった。ラミネート部分を切り揃える必要があるＰＯＰの山は、一向に減る気配がない。節電対策のため夜十時以降のクーラー使用は禁止されていた。開け放した窓からは、夜風が入り込み二人きりの空間を青臭く湿《しめ》った空気で満たしている。歩も種田くんも一心不乱に作業しているというのに、商品企画室はやわらかなゼリーで固められたかのように停滞していた。キリキリという カッターの刃が引き出される音だけが、沈黙を救っている。

歩はラミネートの切れ端をうちわ代わりにして、マッキントッシュ画面に表示されたクリスマス新商品および販促物一覧をひとつひとつ指でなぞって確認した。液晶画面に触れた指先が、光の中に溶けていくようだ。洋菓子メーカーにとってクリスマスからバレンタインにかけては勝負期間なので、あさってのプレゼンでは失敗が許されない。北欧の雪景色をイメージした、シルバーラメ加工をほどこしたパッケージ群にクリスタルの販促物。いずれも自信作だけれど、むしむししたオフィスで目にするのは妙な気分だった。季節を先追いする仕事は、常に感覚だけが取り残される。歩は目を細めて四ヵ月後の自分の姿を想像し、作り物の雪景色に追いつこうと試みた。

四ヵ月後――。通勤には去年のダッフルコートとマフラー、就業中は今とほぼ同じ出で立ちに厚手のカーディガンを重ね、目の前に置いた「伊右衛門」のペットボトルがアイスからホットに変わっていることくらいしか、想像がおよばない。確実にわかっていることは、この忙しさが続くようでは今年のクリスマスも一人で迎えているということだ。待ち受けているイベントといえば、恒例の商品企画室総出のイブの工場勤務だけ。クリスマスケーキの作業ラインで一晩中、生クリームの上に苺《いちご》を並べた後は、腰の激痛と闘いながら一睡もせずにリサーチへと繰り出す。そんな冬をかれこれ八回も繰り返していた。

「あの、川俣さん。その鼻歌、もしかして……」

すぐそばの作業台で背中を丸めていたはずの種田くんが話し掛けてきたので、飛び上がりそうになった。自分が鼻歌を歌っていたことに初めて気付く。衝立《ついたて》で仕切られたデザイナー席から、両手を合わせて顔を出す。

「ごめんなさい。すいません。集中するとつい……」

同期入社なのに、彼の青白い細面を前にすると何故かへりくだってしまう。古風な銀縁《ぎんぶち》眼鏡のセンスといい、穏《おだ》やかな物腰といい、ぱりっとアイロンのかかった縦縞のシャツといい、相手を信頼させる品と良識に溢《あふ》れているけれど、どうしたって老けて見える。服装コードのゆるい企画室の風潮にどっぷりつかり、キャラクターTシャツにすっぴんに眼鏡、コンバースの自分と並んだら、まるで准教授と大学生だ。

二ヵ月前までデパートに配属されていた種田くんと、企画室から出たことがないデザイナー職の歩は、入社以来なんの接点もなかった。種田くんは販売職が長かったせいか、非常に礼儀正しく物腰が美しい。銀座の老舗百貨店の名物店長として、年配の女性客に絶大な人気を誇っていたそうだ。現場での経験を買われ、販促プランナーとして企画室配属が決まった時は彼を惜しむ客の声が後を絶たなかったという。

「いえ、その鼻歌もしかして、松任谷由実《まつとうやゆみ》の『冬の終り』だったりします?」

種田くんの大真面目な問いかけに、歩はしばし言葉を失う。

「え……。よくわかりましたね。松任谷時代とはいえ、ものすごい昔の曲なのに……。同年代で知っている人、あんまりいないですよ」

こともなげに彼はこう言った。

「知らないわけないですよ。『その時、ハートは盗まれた』の主題歌ですから」

そのタイトルを聞いた瞬間、光の速さで、あらゆる記憶が蘇《よみがえ》ってきた。歩は椅子から転がり落ちそうになる。はやる気持ちを抑《おさ》えて種田くんに問いかけた。

「種田くん、あのテレビドラマ知ってるんですか? 『その時、ハートは盗まれた』」

彼はかつて見たこともないほど、力強くうなずいた。眼鏡の奥の静かな目が今は燃えている。いつになく饒舌《じょうぜつ》に彼は語り出した。

「当たり前ですよ。フジテレビドラマ史上の最高傑作じゃないですか。ぼく、あれからたくさん、ドラマを見てきたけど、あのドラマを超える作品にはまだ巡りあっていないんです。小学六年の時に再放送で見てから、本当に大好きなんです」

「種田くん、ごめん。いい？」

歩は深呼吸すると、彼に向かって人差し指を突きつけ、大げさな感動の色を浮かべてみせた。

「すっごい、わかる。私も小六の時、再放送で見たの。テレビあんまり詳《くわ》しくないけど、あんなに面白かったドラマ、他に知らない。今でもよく思い出すもん」

今度は種田くんが顔を輝かせる番だった。彼は何故か座席部分を抱えて椅子ごと立ち上がり、いそいそとこちらに移動してくる。

「嬉《うれ》しいです。こんな傍《そば》に同志がいたとは」

「レモン石けん！　スヌーピーのぬいぐるみ！　アイシャドウのリムーバー……」

思いつく限りのドラマのディテールを口にする。自分でも驚くほどに記憶が鮮明だった。あんなに小道具が機能したドラマを後にも先にも、歩は知らない。高校を舞台にしたささやかな青春ドラマだった。一色紗英《いっしきさえ》演じる平凡な女子高生が、内田有紀《うちだゆき》演じる自由奔放な転校生に恋にも似た友情を抱く。スターになる前の木村拓哉《きむらたくや》が、物語のキーパーソンとなる憧《あこが》れの先輩を演じたことが記憶に残っている。なにか大きな事件が起きるわけではないし、大恋愛が描かれるわけでもない。でも、小学生の時に見たせいか、ひどく大人びたきらきらした世界の物語に思えた。

種田くんは熱っぽく続けた。

「北川悦吏子《きたがわえりこ》の最高傑作は『その時、ハートは盗まれた』であることに間違いはないですよ。彼女の初期の作品は、女同士の友情がメインで恋愛が脇になることが多かったんです。その後、彼女は恋愛ドラマの名手として脚光を浴びるようになり、次第に恋愛と友情の比重が反転してしまうんです」

普段は控《ひか》えめな種田くんが、頬《ほお》を赤くしてしゃべりまくる様は意外だった。彼がなかなかの整った顔立ちをしていることに、歩は初めて気付く。

種田くんはちょっと、パソコン借りてもいいですか、と断ると、いきなり立ち上がり歩の背後に回った。マウスに手を伸ばし、カーソルをグーグルのアイコンに合わせた。身体が触れあうわけではないが、彼の匂いや息づかいが間近に感じられ、どぎまぎしている。角度によれば、「あすなろ白書」の木村拓哉の名シーンのごとく、後ろから抱きしめられているように見えるかもしれない。しかし、種田くんはこちらの様子は気にも留めず、なにやらせっせと検索しているだけだ。

「wiki情報によれば、ドラマが放送されたのは一九九二年十一月十九日〜十二月十七日まで、全五回」

「へえ、たった五回。なんかやけに長く感じたのになあ」

二人の女の子の息づかい。何かが始まる予感漂《ただよ》う放課後の空気。そんなものを肌で感じ、寄りそうようにして楽しんだせいだろうか。随分《ずいぶん》長い時間を彼女達と一緒に過ごしていた気がする。

「『ボクたちのドラマシリーズ』枠ですよね。八十二年生まれの僕達が夕方の再放送で見たのは、おそらく翌年でしょう」

僕達、と二回言ったことに気付いてか、彼はくすりと笑い、すぐに薄い唇を引き締めた。そんなところはちょっとオタクっぽい。

「二十年前か……。二十年ねえ。そりゃ、キムタクはもちろん、私も年とるわけだなあ～」

その頃は祖父母も元気で、国分寺《こくぶんじ》の一戸建てにみんなで一緒に暮らしていた。テレビは確か、居間と祖父母の寝室に二台あった。祖父母が亡くなってまもなく、両親は離婚。三歳年下の妹は大学を出てすぐに結婚し、東京を離れた。歩も三年前に実家を出て、今は等々力《とどろき》で一人暮らしをしている。家族全員が揃うことはもうない。

「あの時のキムタクの輝きはすごいですよ。異常事態ですよ。子供から見ても、とんでもない人が出てきたってことがわかりましたもん」

「うんうん。でも、どういうわけか、キムタク出演作にもかかわらず、DVDになってないいんだよね。再放送やったとしても、こうも仕事が忙しいと絶対に見逃すよね。ネットに違法画像は出回ってるんだろうけど、そういうので楽しみたいとは思わないんだよな。あのドラマに関しては……」

歩がため息をつくと、種田くんは深くうなずいた。

「DVDにならない名作ドラマって本当に多いですよね。あ、でもノベライズは角川文庫から出てますよ。なかなかよく出来ているんで、よければ今度貸しましょうか」

「わあ、ありがとう」

口約束だろうと思いつつ、煮詰まった空気がまぎれて歩はほんのりと嬉しかった。普段ならなんということもない、ささやかな会話も残業時となると有り難い。まるでバーで突き出しにされるほんの一口のチーズのように大切に味わいたくなる。歩はうーん、と伸びをして、肩を回した。ついこの間、デジカメで撮影した冬期のディスプレイ画像を開く。

「ね、会社のホームページの壁紙にこの写真を使おうと思うんだけど、どうかな?」

「素晴らしいと思います。今、ちょっとだけ雪のにおいを感じました」

「雪のにおいって、あれホコリのにおいだけどね」

どちらからともなく顔を見合わせ、少しだけ笑った。

「あとはさあ、明日朝早くきてやらない? もう無理。集中力切れた」

「そうですね。今なら電車あるし。明日、がんばりましょうか」

種田くんは椅子を作業台に戻すと、自分のデスクに行って帰り支度を調え始めた。歩は開け放した窓を閉め、鍵をかける。シュレッダー、タイムカードレコーダー、コーヒーメーカーのコンセントを抜き、いちいち声に出して指さし確認をする。この小さなビルには守衛がいないので、最後に社を出る人間は様々なチェックが義務付けられていた。エレベーターを降りると、玄関ドアの横にあるセキユリティシステムをオンにし同時に外に出た。

二人は並んで人通りの少ない表参道《おもてさんどう》を歩き出す。高級ブランド店の漆黒に沈んだウインドウがどこまでも連なっていた。駅を目指す間に、自然とあの歌が口をついてでた。

「冬の終りが来るたびに……」

思わずつられたのか、種田くんも口ずさむ。

「あなたの文字を思い出す。なんだか……」

そこからは声をあわせての、合唱になった。

「口もきかない私達～、もう長いあいだ～」

歌声がそのまま、石畳に跳《は》ね返って夜空にこだまする。大学時代のサークル合宿の夜のような、やけに解放的な気分だった。営業戦略会議は終わっていないのに、一仕事やり終えた錯覚を覚えて、歩はつい口に出してしまう。

「カラオケいきたいなあ」

「今度二人でいきましょうよ」

種田くんがあまりにもさらり、と言ったので、社交辞令として気楽に聞き流せた。

「企画室って本当に人足りないよ。少数精鋭とか言ってるけど、単に新卒採《と》るお金がないだけだよね。せめてバイトでいいから入れてくれないかなあ。この感じだと、夏休みもとれないまま、あっという間にクリスマスになりそうじゃない」

「その上、菓子屋にクリスマスなんてないも同然ですからねえ」

「種田くんはまだ企画室恒例、徹夜のケーキ作り経験したことないよね。アラサーにはキツいよ。あれ、翌日腰に来るよ」

「工場勤務なら経験ありますよ。徹夜はさすがにないですけど。ほら、一年目の研修期間中、同期全員でラインに立ったじゃないですか」

「そうだっけ？　私、記憶にないなあ。デザイナー職はやらなかったのかな？」

「ありますよ。川俣さん、覚えていないだけですよ。僕の向かいで、苺のヘタとってたじゃないですか」

種田くんは珍しく腑《ふ》に落ちない顔で、食い下がってきた。歩はおぼろげな新人時代の記憶をたぐりよせる。言われてみれば、確かに工場研修をしたかもしれない。しかし、一緒に働いていた人間を思い浮かべようとしてみても、皆マスクに白衣という姿だったため、その印象はのっぺらぼうに近い。果たして彼らが同期だったのかと問われれば非常に怪しい。

ＪＲの駅が見えて来たので、歩はそろそろ話を終わらせようとする。

「ねえ、種田くん、敬語やめない？　わたしたち一応、同期なんだしさ」

「いえ、いえ、企画室では川俣さんが先輩ですから」

「そう？　まあ、いいか。お疲れ様。お休みなさい」

原宿《はらじゅく》駅前で二人は別れた。千代田《ちよだ》線の降り口に吸い込まれていく種田くんの背中を見送りながら、表参道からでも千代田線に乗れるのだから、わざわざＪＲの原宿駅まで来る必要はなかったのに、と思った。改札を潜《くぐ》るうちにようやく気付く。深夜だから、ここまで歩を送ってきてくれたのかもしれない。彼がお客様に信頼される所以《ゆえん》がわかる気がした。

しんと静かなホームから明治神宮の森を見上げる。木々が夜風にざわざわとそよいでいて、子供の頃の夏休みを思い出させた。両親と妹と四人で、奥多摩《おくたま》でキャンプをした。あの頃は当たり前のように受け止めていたけれど、なんと贅沢《ぜいたく》な時間だったのだろうとつくづく思う。まだ若い父と母がどれほど心を砕き、お金や時間を惜しまなかったのか、と思うと頭が下がる。今の歩とそう年齢は変わらなかったはずだ。

大人の夏休みは、自分から動かない限り、作り出せない。

2

種田くんが次に話し掛けてきたのは、営業戦略会議が終わった直後だった。給湯室の汚れた壁にもたれて、立ったままレッドブルを飲んでいる歩に、自社製の紙袋を差し出した。

「川俣さん、よければ、これ、どうぞ。約束の本です」

「わっ、なにこれ、シナリオ？　あ、小説だっけ」

あんな小さな約束を覚えてくれたんだ、と歩は目を見張り、包みを受け取る。中には角川文庫が入っていた。相当読み込んだらしくページは黄ばんでたわみ、表紙は色あせている。ついさっきプレゼンで見せた理知的なまなざしのまま、種田くんは説明した。

「小泉《こいずみ》すみれという作家の手によるノベライズです。ドラマの雰囲気そのままで、なかなかいいんですよ。イマジネーションを頼りにすれば、脳内で内田有紀やキムタクが動き出すと思います。是非、読んでみてください」

それだけ言うと、種田くんは踵《きびす》を返してさっさと立ち去ろうとする。歩は咄嗟《とっさ》に彼の腕をつかんでしまった。

「今夜は暇《ひま》？　よければ、打ち上げでビールでも飲まない？　販促プランが通ったお祝いで」

「あ、僕、お酒はちょっと。それに今日の資料まとめないと」

デザイナーとプランナーの仕事の流れの違いを忘れていた。自分から誘ってしまったことを後悔する。普段なら絶対にこんなことはしないのに。ただ、彼がささやかな約束を覚えていてくれたことが嬉しかったし、大きな仕事を一つ終えた高揚感で心も体も浮き立っていた。さらに、このところあまり寝ていないので、なんだか自分のやっていることの現実味が失せている。

説明不可能な欲望が暴れ出した。働きづめで、ろくに飲んでいない。彼と好きなドラマについて、ああだこうだとしゃべりながら、今すぐ冷たいビールを飲み干《ほ》したい。歩は種田くんを見据《みす》えると、有無を言わさない早さで、すぱっと要求した。

「わかった。三十分だけ抜けて、すぐそこのジョナサンいかない？　私、種田くんの前でビール飲んでるから、お茶だけ付き合ってよ。おごる！」

「いいですね、それは」

意外なくらい、あっさりと種田くんは微笑《ほほえ》んだ。歩はホワイトボードの前に行くと、自分と種田くんの名の横に「打ち合わせ」とマジックを走らせる。財布だけ手にして、企画室を後にした。すぐに種田くんも続く。なんだか授業をサボった高校生みたいで、やけに愉快だった。会社を出ると一目散に、近所のファミリーレストランを目指した。

禁煙席に陣取り、歩はビールの中ジョッキと枝豆、種田くんはコーヒーを注文した。ようやくほっとして、顔を見合わせる。

「ファミレスでお酒飲むのって楽でいいですね。目からうろこです」

「うん。私、大抵飲む時はファミレス。一人でふらっと入れるし、話しかけられないし、チャージとられないし、タバコくさくないし、おつまみたくさんあるし。飲み屋さんとか、苦手なの」

「川俣さんて、人に干渉されるの、本当に嫌いみたいですよね」

種田くんがつぶやいた。非難されているわけではないが、ちくりとした痛みを感じてしまうのは何故だろう。

ウエイトレスが注文の品を運んできた。乾杯するのも大げさな気がして、種田くんがカップに口をつけるのを待って、ジョッキを持ち上げる。空《す》きっ腹にビールが染《し》み渡る。身体の隅々にまで黄金色の液体が流れていくようで、歩は数秒の間、目をつむった。

「あのドラマのなにが、こんなに僕達の胸を打つんでしょうね」

「やっぱり、友達の作り方について、真摯《しんし》に描いているからじゃないのかな」

当時はただ、面白い、という感想しか抱いていなかったが、今ならわかる。二つの魂が引き寄せられていく様を、ため息が出るほど丁寧《ていねい》に描いていた。平凡な裕子《ひろこ》は早紀《さき》の心の空白を満たそうと試行錯誤するうちに、成長していく。お互いがお互いを必要とし、不器用ながら関係を築いていく過程はスリリングでいて、がむしゃらな熱を放っていた。裕子と早紀の友情が加速するにつれ、美少年の木村拓哉は次第に脇に追いやられていく。しかし、彼のどこか居心地《いごこち》の悪そうな仕草、美貌をもてあましたかのようなぶっきらぼうな口調、そして少女二人を見守る温かな目もまた、たまらなく素晴らしかった。

「いいドラマだったよねえ……」

これまで共通の本や映画をきっかけに、誰かと会話が盛りあがったことは何度もある。しかし、はるか昔のテレビドラマ、たった五回だけ放送した幻のような作品、それも再放送というところが、ささやかで愛《いと》おしかった。

「川俣さんはどこでドラマを見たんですか？」

「ええと、実は友達の家。あのドラマ、キスシーンがあったでしょ？　我が家ではそういうのを見ると、母や祖母が嫌がったの。妹も小さかったし」

あの子を友達と言っていいのか戸惑《とまど》う。今ではもう名前も思い出せない。同じ町内に住んでいた、クラスメイト。背が高く、大人びた物言いをする女の子だった。

「その友達は鍵っ子で、いつも一人だったの。好きな番組はどんどん録画して、ビデオをコレクションにしてた。プリントごっこで作った、とても可愛いラベルを貼って。あの子、今どこでどうしてるのかなあ？」

窓の外にふと目をやると、修学旅行中らしき中学生の集団が通り過ぎるところだった。目を輝かせて、ガイドブックを覗《のぞ》き込む。この辺りではよく見る光景である。

「夏休みだけ、とか、塾だけ、とか。あの頃って、ほんのちょっとの間だけ仲良しだった友達がいたよねえ。指折り数えたらけっこうな数になるのかもね」

歩はテーブルについたジョッキの水滴の輪を見つめる。種田くんと自分の関係もそんなものではないだろうか。来年の今頃はこうして親しく話したことさえ、忘れてしまっているのではないだろうか。

「ほんとうに、あの時だけだったんだよねえ。彼女と仲良かったの。大人みたいにもてなしてくれた。そうそう、カルピスをよく出してくれた。あとチューペット」

「チューペットってあれ、何故か必ず口の天井けがしませんか?」

「意地汚く吸い過ぎるからよ。でも、それ、わかるよ。パピコとか」

あの頃、好物だったものを今はほとんど口にしていない。おっとっと、カール、ねるねるねるね、パックンチョ。お金を稼げるようになったら好きなだけ買って食べようと思っていたお菓子を、コンビニやスーパーで見かけても素通りしている。人間の味覚というのはなんと緩《ゆる》やかに変わっていくことか。あの頃は、父になめさせてもらったビールの泡に顔をしかめていたのに、今ではこうして、たった一杯のためにわざわざ会社を抜け出している。

「こんなこと、言ってもいいのかな」

なんだか落ち着きなく周囲をきょろきょろ見回しながら、種田くんは言った。

「実は僕、ブログをやってるんです。そこでいつもドラマの情報交換してて」

「へ？　ブログ？　どんなブログ？」

「九十年代ドラマ研究所……」

消え入りそうな声で種田くんがつぶやいたので、歩はぷっと吹き出した。

「なにそれ、帰ったら検索してみる」

言うんじゃなかった、それも会社の人、と種田くんはぶつぶつ言っていたが、彼の知らない一面が垣間見られて、歩は愉快だった。

「あー、九十年代ドラマ話で盛り上がるなんて久しぶり。学生の頃から年上とばっか付き合ってきたから、こういうの新鮮だな」

「はあ、年上ですか……」

「同期って、同い年っていいね。同じ時代の同じ空気を共有できるから、楽しい」

仕事を通じて知り合った小さなデザイン会社社長の牧島孝弘《まきしまたかひろ》は、関係が途絶えて一年になる今も、時々思い出したように連絡してくる。十六歳年上の彼は、一度の倒産と二度の離婚を経験しているせいか、細《こま》かいことにくよくよせず、大らかでエネルギッシュな生き方をしていた。「なるようになれ」が口癖だった。彼との時間は確かに楽しかったけれど、いつもどこか心許《こころもと》なかった。牧島が独身主義者だったことと無関係ではない。つまらない人間だと思われるのが嫌で、色々な事に目をつぶり、平気なふりをしすぎたのだ。やましい付き合いではないのに、何故か人に言えない恋をしている気になった。

歩は不躾《ぶしつけ》かな、とためらいつつ、聞いてみることにする。

「それはそうと、種田くんて彼女いるの？」

こんな個人的な質問を、かたぶつな彼に投げかける日が来るとは思わなかった。

「いたこともありますけど、今は……。店長になってからフラれたんです。忙しくてなかなか時間が作れなくて」

思いの外、ざっくばらんに彼は話してくれた。種田くんの元彼女は彼が配属されていたデパートの某有名和菓子ブランドで働いていたという。種田くんと和菓子の相性の良さに、歩は密かに感心してしまう。最中、栗かの子、どら焼き。いずれも、どこか種田くんに似ている。素朴で控えめでありながら、きりりとした佇《たたず》まい。絶対に期待を裏切らないという安心感。

「デパートの地下って女性ばっかりじゃないですか。僕、男子校育ちだし、女性同士のノリってよくわからなくて、最初はかなり浮いてたんです。彼女は女らしく見えるけど、その実かなり男性的で、論理的な思考ができる人で、フロアで唯一リラックスして話せる相手だったんですよ」

「ふうん、どんな娘だったの？」

「うーん……。とにかく、ものを大切にする人でしたね」

元彼女の特徴を聞かれて、ものを無駄にしないと言う人はあまりいない。普通容姿とか性格について言及するのではないだろうか。

「包装紙とか空き箱を利用して、売り場のレシート入れとかペン立てを器用に作るんですよ」

「へえ〜。そういうの、たまに見るよね。売り場で」

「料理も作ってくれたんですけど、やはり食材を無駄にしない人でした。ふろふき大根を作った時は、葉の部分をじゃこといためてふりかけにしたり、皮できんぴらを作ったり。彼女の姉が、とにかくだらしなくて、その反動だったそうです」

「姉妹ってそうだよね。わかる。お互い、反面教師にしあうっていうか」

几帳面で安定志向の妹を思い出し、歩は納得する。

「そのお姉さんはフリーのイラストレーターで、実家にこもりきりで仕事をしていました。ズボラだから、まるでゴミ屋敷みたいだって、よく嫌そうに話していたんですよ。あっ‼」

突然、種田くんがすっとんきょうな声をあげた。ウエイトレスがちらりと振り返り、肩をすくめて通り過ぎる。

「そうだ、思い出した。そのお姉さんが『その時、ハートは盗まれた』のビデオを持っているかもしれないんですよ！」

予想外の話の流れに歩は戸惑いつつ、枝豆に手を伸ばす。彼はもどかしそうに言葉を繋《つな》ぐ。

「付き合っていた時、一度だけお姉さんと彼女と僕の三人で、焼き肉を食べに行ったことがあるんですよ。その時、自然と好きなドラマの話題になって、思わず『その時、ハートは盗まれた』の話をしたら、お姉さん、筋金入りのキムタクファンだと打ち明けてくれたんです。高校生の頃、再放送を録画したビデオを持っているって言うんですよ。そうそう、あれが三年前かな。彼女はすぐに貸してくれるって一度は言ったんですけど……。その後、あるにはあるけど、ゴミに埋もれて見つからないって謝ってました。そうこうしているうちに、僕達が別れて……」

話しながら、種田くんはどんどん興奮してきた様子だ。普段は青白い顔に赤みが差している。

「お姉さんに名刺もらってるんです。もしかして、探せばまだあるかも！」

種田くんが前の彼女と連絡をとったら嫌だな――。そう思った自分に、歩は動揺してしまう。親切なふうを装って、早口で持ちかけた。

「やめなよ。それ、ビデオを材料にして元カノと会おうとしている風に見えるよ。絶対ひかれるって」

「いやだな。僕が会いたいのはお姉さんだけですよ。確か高円寺《こうえんじ》に住んでるはず」

「いやいや、考えてごらん？　自分の前の恋人が、家族とだけ連絡とってたら嫌でしょ」

「ですよねえ。それはちょっと、やだなあ。でも……。やっぱりビデオ欲しいんだよなあ」

彼はなおも、ぶつぶつ言っていた。

もしかして、この人、ビデオを口実に彼女との繋がりを取り戻したいだけなのでは？　ほんの少しだけ心がざらついた。彼が几帳面な彼女とよりを戻してしまったら、こんな風に気楽にファミレスで向かい合うことはなくなるのかもしれない。独占欲を抱く理由もないのに、いきなり自分が嫉妬深くなったようで、なにやら居心地が悪い。

すっかり泡の消えたビールを、歩は一息に飲み干した。

3

次にドラマについての会話を交わしたのは翌週、地下鉄銀座《ぎんざ》線に乗って赤坂見附《あかさかみつけ》に向かう最中だった。駅ビル一階に入ったショップだけ、何故か急激に売り上げが落ちているため、ディスプレイや店作りに問題はないか、二人で原因を探ることになっていた。

まだ月曜日だというのに、心なしか種田くんはくたびれて見えた。シャツがいつになくよれている。彼は手すりにつかまりながら、座席に座っている歩に向かって、疲れた声でこう述べた。

「とんでもないゴミ屋敷でしたよ」

怪訝《けげん》な思いで促すと、なんと彼は元彼女の姉とコンタクトをとったらしい。えっと叫んだが、すぐに乗客の目を気にして声のトーンを落とした。

「週末は元彼女のお姉さんの家の掃除でつぶれました。三年ぶりに会ったっていうのに、あの頃と全く変わらない調子で接してくれたのはありがたいんですけど……。当然のように大掃除を頼まれるとなると……」

やつれた横顔の向こうに、大量のゴミ袋が見えるようだ。綺麗《きれい》好きの彼にとっては耐えがたい経験だったのだろう。

「まさか、本当にやるとは思わなかったな。で、ビデオ見つかった？」

彼は首を横に振った。下から見上げる彼は、やけに大きく男らしく見える。

「結局見つからなかったんですよ。自業自得ですが、とんだただ働きです」

「元カノとは顔合わせたの？」

これだけは、聞いておきたかった。他人に介入するのを嫌う自分としては、珍しい類《たぐい》の衝動だった。種田くんはやけにきっぱりした口調で、こちらの目をぐっと覗き込むように屈《かが》んだ。

「いいえ。妹には絶対に言わないでって約束したから、大丈夫だと思います」

「ふうん」

なんだか妙な沈黙が流れたので、ここは何か言わねばと歩は口を開く。

「そうそう、こちらも収穫と言っていいのかわからないけど……。久しぶりに、実家に卒業アルバムを取りに帰ったの。あのドラマを見せてくれた子の名前がわかったんだ。名前はのりちゃん……。御門紀子《みかどのりこ》ちゃん」

「もしかして、紀子ちゃん。まだそのビデオ持ってたりするかもしれませんよね。同じ町に住んでいるなら、会えるんじゃないですか？」

「いやー、母に聞いてみたら、私が高校生の時、家族で引っ越ししちゃったんだって。万が一、再会しても今時ＶＨＳを持っているかどうかなんて、わからないよ」

地下鉄の暗闇を見つめながら、歩は現在の紀子ちゃんに思いを馳せる。

あの頃は毎日、姉妹のようにべったりで過ごして居たのに、どうしていつの間に連絡をとらなくなったのだろう。きっかけはなんだったのだろうか。喧嘩《けんか》別れではない。歩は生まれてこの方、家族以外の人間と喧嘩をしたことがない。ただ、なんとなく距離ができ、会わないことに慣れていったのだ。紀子ちゃんに限らない。歩にはずっと続いている人間関係というものがない。高校の友達は大学に入ったら会わなくなったし、大学の友達は社会に出たら会わなくなった。疎《うと》ましいのではなく、昔の自分をよく知る人間と顔を合わせるのがどうにも気恥ずかしいのだ。

電車は赤坂見附に滑《すべ》り込み、歩は立ち上がる。

駅ビル一階にある目的の店は、確かにショーケースに対して販促物が小さすぎた。また、照明のせいで、菓子の色合いが全体的にくすんでいるようにも見えた。デジカメで何枚か写真をとり、スタッフからも要望を詳しく聞く。四時を過ぎ、客が増えてきたのを見計らって、二人は店を離れた。種田くんはおもむろに携帯電話を取り出す。どうやら、会社にかけているらしい。

「あ、すみません。ホワイトボードに書いておいていただけますか？　川俣さんも一緒です。リサーチ、赤坂、戻り七時、でお願いします」

電話を切ると、彼はこちらを見た。

「たまには夏らしいことしないと。これから、プールにいきましょうよ」

「え、プール？　こんなところで？」

わけもわからないまま、彼の後をついていく。弁慶《べんけい》橋を渡り、向かった先はなんとホテルニューオータニだった。ふかふかの絨毯《じゅうたん》を踏みしめロビーを横切る。日本庭園を通って、たどり着いたのは緑に囲まれたプール「マイタイ」だった。歩は歓声を上げる。

まるで、突然出現した小さな南国のようだった。プールサイドのカフェに二人は腰を落ち着ける。注文したココナツ味のカクテルはかなり浮かれた甘さで、わけもなく頬がほころんでいく。とろりとした質感の水面が、夕焼けを飲み込んでいた。プールを泳いでいるのは白人の少女一人きりで、まるで映画を観ているような光景だった。

「早紀と裕子が忍び込んだ高級フィットネスクラブの夜のプール、とまではいかないけど、なかなかいいでしょう」

確かにあれは名シーンだった。酔った裕子が初めて鬱屈《うっくつ》を吐露《とろ》するのだ。種田くんはちょっと恥ずかしそうに笑い、眼鏡を外した。歩は見入ってしまう。思いがけず、少年ぽい印象だった。

「そりゃ、休みはないけどさ、よく考えれば、都内にプールなんていくらでもあるんだよね。別に泳がなくても、こうして見ているだけで夏気分は味わえるし」

歩はふと、水着を借りて泳いでみたくなる。色々なことを、始める前にあきらめていたのかもしれない。若くないからとか、時間がないからとか。お金がないから、美人じゃないから、痩《や》せてないから。子供の頃は、人からどう思われるなんて気にせず、ぱっと服を脱いで水着姿になったっけ。今よりお腹が丸く突き出ていたというのに。

キャンバス地のトートバッグから、彼に借りたノベライズ本を取り出した。

「この本、もう少し借りてていい？」

「どうぞ、どうぞ」

「毎日ちょっとずつ読んでるの。私、ここ、好きなんだ」

歩は本のページを開いて、テーブルに置くと指し示す。早紀が裕子に対して素直になるクライマックスだ。種田くんはこちらに頭をくっつけるようにして、一緒に文字を目で追う。

『――ねえ、裕子、いろいろ悪かったね。今まであたし、あんまり友だちいなかったからさ、どうやって裕子とつき合っていいかわからなかったのよ』

こうやって楽しい時間を過ごしても、九月になればなにごともなかったように元の同僚に戻るのだろうか。別に深く付き合っているわけでもないのに、いつものくせで、終わりを想像してしまう。夏休みがどんなに楽しくても、二学期が忍び寄っていることを想像して、盆踊りやキャンプの最中にしゅんとしてしまうタイプだった。いつか、この淡々とした関係も終わってしまうのだろうか。

種田くんが急に顔を上げた。

「川俣さん、あの、フェイスブック始めてみたらどうですか。紀子さんと連絡とれるかもしれませんよ」

「え、フェイスブック？」

もちろん、それがなんであるかは知っているけれど、歩はすぐに顔をしかめた。SNSの交流なんて考えただけでもやっかいそうだ。

「えー、あれかあ。なんかさあ、面倒くさくない？　いらない人ともつながっちゃいそうだし、情報が流出しそうで怖いよ～。それに私、友達とかそもそもあんまりいないし」

「川俣さんって面倒くさい、が口癖ですよね。無意識のうちにそうやって人を拒絶してるんじゃないですか」

種田くんの言葉に驚いて、歩は彼の顔をまじまじと見つめる。

「『その時、ハートは盗まれた』の早紀みたいですよ。彼女はあれだけ裕子に世話になりながら、何も言わずに日本を去ろうとする。川俣さんって、人の好意にちょくちょく鈍感ですよ。あのドラマが本当に好きなら、自分から繋がることを怖がっちゃだめなんじゃないですか」

「……そうかなあ」

彼の口調は少しも説教くさくなく、真面目で一生懸命だったので、歩は驚くほどすんなりと受け入れることができた。確かにフェイスブックなんて面倒くさい。でも、この面倒くささを乗り越えれば、少しだけ変われそうな気がした。休みが全くなく身動きがとれない今、これくらいささやかな一歩でなければ、踏み出せない気がした。

プールの水面は日暮れとともにとろみを増し、まるで蜜のようだ。

4

瀬尾《せお》紀子、旧姓御門紀子からのビデオが企画室宛に届いたのは八月三十一日だった。

なかなか荷物を受け取れる時間に家に居ないことから、届け先を会社に指定した。思い切ってフェイスブックを始めてみることにして、本当に正解だったと思う。

初めに大学時代の友達の何人かを見付ける事が出来た。続いて、高校時代、中学時代の部活の仲間ら、そして小学校時代の塾での顔見知りにまで繋がった。その内の一人の紹介により、たった三時間で紀子をたぐり寄せる事ができた。彼女から届いたメールは二十年間という歳月を軽々と飛び越えた。

——歩? 久しぶり。覚えてる。覚えてる。紀子よ。一緒にビデオ見たの覚えてるよ。並んでミロ飲みながらさあ。「その時、ハートは盗まれた」? 懐かしい! あのビデオなら探せばあるかも。

紀子の几帳面な性格は今も変わらないらしく、きっちりと緩衝材《かんしょうざい》で梱包《こんぽう》してあり、ラベルの字も美しく整っていた。名字が変わっているところを見ると、結婚したのだろうか。北国の住所を見ながら、彼女のこの二十年間に思いを馳せた。歩はビデオを手に、種田くんのデスクまで行くと、そっと差し出した。

「奇跡ですね」

彼は感激したように、ため息をついた。

「まずはさ、種田くんから見なよ。種田くんのおかげだもん。彼女と連絡とれたの」

「残念、うちビデオ見られないんです……」

「じゃ、今夜、うちおいでよ。ビデオデッキうちにはあるの」

内心どきどきしていた。種田くんの元彼女は綺麗好き。散らかった部屋は大嫌いだと言っていた。ややあって、彼はうなずいた。

その日の夕方、種田くんは等々力のアパートにやってきた。玄関のドアを開けるなり、種田くんは、

「謙遜じゃなかったんだ。本当に汚いですね！」

と、何故か感心したように言い放った。一日中閉じ込められていた熱気がこちらに押し寄せてくる。歩はすぐにクーラーを点けた。

服は脱ぎ散らかしてあるし、掃除機もこの二週間、ろくにかけていない。でも、片付けをする気になるのを待っていたら、いつまでたっても人を呼べないだろう。つまらない見栄にこだわって、これまで取り逃がしてきたたくさんの出会いを思い出したら、居てもたっても居られなくなったのだ。雑誌やタオルを掻《か》き分けて、種田くんの居場所を作った。冷蔵庫を開け、缶ビールを二つ取り出す

と、ひとつを彼に差し出した。ここまで来れば気取る必要もない。

「いや、正直、誘ってよかったのかな。迷惑なんじゃないの。種田くん、元カノに未練ありありじゃないですか」

「なんでそう思うんですか」

ビールを一口飲み、彼はこちらをじっと見た。

「だって、普通会わないよ。元カノのお姉さんになんてさ。ビデオなんて口実でしょ」

「どうしても、ビデオが欲しかったんですよ。こうやって、川俣さんと一緒にビデオが見たかったから」

照れくさくなって、歩はバッグからビデオを取り出すと、デッキにセットした。嘘に決まっている、と自分に言い聞かす。横顔に注《そそ》がれる彼の視線がくすぐったい。

「川俣さん、完全に忘れてますよね。一年目の研修の工場勤務で言葉を交わしたの、覚えてないんですか?」

「あれ……、そうだっけか。ほら、マスクに帽子姿だから、覚えてないよ」

「薄情な人だよなあ。企画室で再会した時、あっ、運命だって思ったのに」

種田くんが突然ため口になったことに、歩ははっとした。湿って重たくなった空気を乱そうと、思いつくままにまくしたてる。

「ドラマの趣味があったくらいで、運命だなんて思うのは間違ってると思う。例えば、生クリームよりバタークリームが好きだとか、足の小指の爪がないとか、ほらほら、もっともっとそういう細かい共通点がないと」

「俺、バタークリーム好きだし、足の小指の爪ほぼないよ」

種田くんの「僕」がいつの間にか、「俺」になっている。歩の胸の中で、小さなたつまきが起きる。これをときめきと呼ぶのかもしれない。こんな風に突然誰かと距離が縮まる楽しさを、もう何年も経験していない。幼い頃は違った。塾で、学校で、校庭で。スパークするような邂逅《かいこう》が何度もあって、そのたびに視界がぱっと開けた。後先考えず、目の前の相手が大好きになった。後先考えず、無謀な約束を重ねた。神様に感謝したくなるような大切な瞬間が何度か訪れた。なんにせよ、このタイミングでビデオが届いたことがなによりのＧＯサインではないだろうか。いろんなことが歩の背中を押している気がした。夏も終わりだから、ちょっと浮ついているだけだ。女扱いされる、とか、いそいそする、という感覚があまりにも久しぶりだから若干、調子に乗っているだけなのだ。そう言い聞かせつつも、どうしても心が地面から浮き立ってしまう。同時に、このどっちつかずの関係に名前がついてしまうことを考えると、ほんのりと寂《さび》しくもあった。ここまでで居られるのなら、それが一番なのにと思った。

いずれにせよ、明日で九月。

冷たいビールが胸の中に広がっていく。たくさんの言い訳を思い浮かべながら、歩は自分で自分の背中を押した。種田くんの細くて長い指にそっと自分のそれを絡《から》めていく。

テレビ画面の砂嵐から、夢のように美しい若き日の内田有紀が現れた。

参考文献
『その時、ハートは盗まれた』
脚本／北川悦吏子
ノベライズ／小泉すみれ

JASRAC　出1303538-301

初出一覧

「神様たちのいるところ」	「Feel Love」vol.16 2012 Summer
「かなしい食べもの」	「Feel Love」vol.17 2013 Winter
「運命の湯」	「小説ＮＯＮ」2005年2月号
「宇田川のマリア」	「Feel Love」vol.2 2008 WINTER
「インドはむりめ」	「Feel Love」vol.8 2010 Winter
「残業バケーション」	「Feel Love」vol.17 2013 Winter

運命の人はどこですか?

一〇〇字書評

切り取り線

購買動機（新聞、雑誌名を記入するか、あるいは○をつけてください）

□（　　　　　　　　　　　　）	の広告を見て
□（　　　　　　　　　　　　）	の書評を見て
□ 知人のすすめで	□ タイトルに惹かれて
□ カバーが良かったから	□ 内容が面白そうだから
□ 好きな作家だから	□ 好きな分野の本だから

・最近、最も感銘を受けた作品名をお書き下さい

・あなたのお好きな作家名をお書き下さい

・その他、ご要望がありましたらお書き下さい

住所	〒				
氏名		職業		年齢	
Eメール	※携帯には配信できません	新刊情報等のメール配信を 希望する・しない			

この本の感想を、編集部までお寄せいただけたらありがたく存じます。今後の企画の参考にさせていただきます。Eメールでも結構です。

いただいた「一〇〇字書評」は、新聞・雑誌等に紹介させていただくことがあります。その場合はお礼として特製図書カードを差し上げます。

前ページの原稿用紙に書評をお書きの上、切り取り、左記までお送り下さい。宛先の住所は不要です。

なお、ご記入いただいたお名前、ご住所等は、書評紹介の事前了解、謝礼のお届けのためだけに利用し、そのほかの目的のために利用することはありません。

〒一〇一-八七〇一
祥伝社文庫編集長　坂口芳和
電話　〇三（三二六五）二〇八〇

祥伝社ホームページの「ブックレビュー」からも、書き込めます。

www.shodensha.co.jp/bookreview

祥伝社文庫

運命《うんめい》の人《ひと》はどこですか？

平成25年4月20日　初版第1刷発行
令和2年6月30日　第2刷発行

著　者　飛鳥井千砂《あすかいちさ》　彩瀬《あやせ》まる　瀬尾《せお》まいこ
西加奈子《にしかなこ》　南綾子《みなみあやこ》　柚木麻子《ゆずきあさこ》

発行者　辻 浩明

発行所　祥伝社《しょうでんしゃ》
東京都千代田区神田神保町3-3
〒101-8701
電話　03（3265）2081（販売部）
電話　03（3265）2080（編集部）
電話　03（3265）3622（業務部）
http://www.shodensha.co.jp/

印刷所　図書印刷
製本所　ナショナル製本
カバーフォーマットデザイン　芥 陽子

ISBN978-4-396-33832-9 C0193

祥伝社文庫の好評既刊

江國香織ほか

LOVERS

江國《えくに》香織《かおり》・川上弘美《かわかみひろみ》・谷村志穂・安達千夏・島村洋子・下川香苗・倉本由《くらもとゆ》布《う》・横森理香・唯川恵

江國香織ほか

Fr・iends

江國香織・谷村志穂・島村洋子・下川香苗・前川麻子・安達千夏・倉本由布・横森理香・唯川恵

本多孝好ほか

I LOVE YOU

総合エンタメアプリ「UULA」で映像化！ 伊坂幸太郎・石田衣良・市川拓司・中田永一・中村航《なかむらこう》・本多孝好

石田衣良
本多孝好ほか

LOVE or LIKE

この「好き」はどっち？ 石田衣良・中田永一・中村航・本多孝好・真伏修三《まぶせしゆうぞう》・山本幸久《やまもとゆきひさ》

飛鳥井千砂

君は素《そ》知《し》らぬ顔で

気分屋の彼に言い返せない由紀江《ゆきえ》。彼の態度は徐々にエスカレートし……。心のささくれを描く傑作六編。

加藤千恵

映画じゃない日々

一編の映画を通して、戸惑《とまど》い、嫉妬、希望……不器用に揺れ動く、それぞれの感情を綴《つづ》った八つの切ない物語。

祥伝社文庫の好評既刊